COLLECTION FOLIO

Charles Juliet

Lambeaux

Gallimard

Charles Juliet est né en 1934 dans un village de l'Ain.

Enfance paysanne. Puis huit ans dans une école d'enfants de troupe et trois ans à l'école du service de santé militaire de Lyon.

Abandonne ses études de médecine pour se consacrer à l'écriture.

Il est l'auteur d'une trentaine de livres, dont *L'Année de l'éveil*, un récit sur sa vie d'enfant de troupe qui a été porté à l'écran.

Il vient de publier aux Éditions Bayard *Ce long périple*, un ouvrage de spiritualité, et au cours de la prochaine saison, Roger Planchon va créer *Un lourd destin*, une pièce qu'il jouera également dans plusieurs villes.

Tes yeux. Immenses. Ton regard doux et patient où brûle ce feu qui te consume. Où sans relâche la nuit meurtrit ta lumière. Dans l'âtre, le feu qui ronfle, et toi, appuyée de l'épaule contre le manteau de la cheminée. À tes pieds, ce chien au regard vif et si souvent levé vers toi. Dehors, la neige et la brume. Le cauchemar des hivers. De leur nuit interminable. La route impraticable, et fréquemment, tu songes à un départ, une vie autre, à l'infini des chemins. Ta morne existence dans ce village. Ta solitude. Ces secondes indéfiniment distendues quand tu vacilles à la limite du supportable. Tes mots noués dans ta gorge. À chaque printemps, cet appel, cet élan, ta force enfin revenue. La route neuve et qui brille. Ce point si souvent scruté où elle coupe l'horizon. Mais à quoi bon partir. Toute fuite est vaine et tu le sais. Les longues heures spacieuses, toujours trop courtes, où tu vas et viens en toi, attentive, anxieuse, fouaillée par les questions qui alimentent ton incessant soliloque. Nul pour t'écouter, te comprendre, t'accompagner. Partir, partir, laisser tomber les chaînes, mais ce qui ronge, comment s'en défaire ? Au fond de toi, cette plainte, ce cri rauque qui est allé s'amplifiant, mais que tu réprimais, refusais, niais, et qui au fil des jours, au fil des ans, a fini par t'étouffer. La nuit interminable des hivers. Tu sombrais. Te laissais vaincre. Admettais que la vie ne pourrait renaître. À jamais les routes interdites, enfouies, perdues. Mais ces instants que je voudrais revivre avec toi, ces instants où tu lâchais les amarres, te livrais éperdument à la flamme, où tu laissais s'épanouir ce qui te poussait à t'aventurer toujours plus loin, te maintenait les yeux ouverts face à l'inconnu. Tu n'aurais osé le reconnaître, mais à maintes reprises, il est certain que l'immense et l'amour ont déferlé sur tes terres. Puis comme un coup qui t'aurait brisé la nuque, ce brutal retour au quotidien, à la solitude, à la nuit qui n'en finissait pas. Effondrée, hagarde. Incapable de reprendre pied.

Te ressusciter. Te recréer. Te dire au fil des ans et des hivers avec cette lumière qui te portait, mais qui un jour, pour ton malheur et le mien, s'est déchirée.

1

Tu es l'aînée et c'est toi qui t'occupes d'elles. Le plus souvent, la mère est dehors, dans les champs, à travailler avec le père. Toi, rivée à la maison, très tôt astreinte aux soins du ménage, aux multiples tâches liées à la vie de la ferme.

L'hiver venu, dans la petite usine d'un village proche, la mère est employée à monter des horloges. Quatre kilomètres le matin, et le soir, autant pour le retour. À pied. Presque toujours dans le froid, le brouillard et la neige.

Le bruit de la lourde porte en bois massif, volontairement claquée, a charge de te tirer du sommeil. Encore une demi-heure à paresser et combien tu la savoures. La chambre glaciale où règne encore la nuit. Tes yeux grands ouverts, et ta joie secrète à être seule, à écouter le silence, à jouir de ce repos avant que ne commence la rude journée qui t'attend. En haut de la fenêtre, sur la pellicule de glace qui couvre les vitres, tu te plais à voir briller ces fines paillettes or qu'avivent les dernières étoiles. Tu rêves, songes à ce

13

que sera ta vie, cherches à imaginer ce monde dont tu souffres de ne rien savoir. La chaise vide près du lit. Les murs nus que tu commences à distinguer. Les chiffons tassés contre le bas de la porte et des fenêtres. Parfois, le vent qui siffle, mugit, heurte les murs, fait claquer le volet d'une grange. À l'idée d'avoir à affronter le froid, tout ton être se rétracte. Ces secondes où tu luttes avec toi-même, t'exhortes, renonces, te houspilles. Puis les escaliers descendus en frissonnant, tes mains pétrissant tes épaules. La porte à peine poussée, le chien bondit, te fait fête, et tu ne parviens pas à le calmer. Il est lourd, puissant, et quand tes bras ou ta poitrine ont à souffrir de ses griffes, tu le repousses en silence, d'un geste vite réprimé, soucieuse de ne pas mettre fin à sa joie. Tu t'habilles en hâte, allumes la cuisinière, prépares les déjeuners. Tu es l'aînée, et c'est toi qui leur sers de mère. Rolande, Régine, Andrée. Plus jeunes que toi de deux, trois et cinq ans. À l'heure fixée, tu les appelles, elles descendent, et rien ne t'émeut plus que de les voir apparaître l'une après l'autre, à moitié endormies, les cheveux emmêlés, se frottant les yeux du revers de la main.

La journée commence, et jusqu'à l'instant de gagner ta chambre, tu n'auras aucun répit. Le ménage, les repas, les vaisselles, le linge à laver et repasser, l'eau à aller chercher pour vous et parfois les bêtes, les lourds bidons de lait à porter à la « fruitière », les lapins, la volaille, les cochons… De surcroît, au printemps et en été, tu entretiens le jardin, ramasses les légumes. En hiver, tu fends du bois, dois balayer et pelleter la neige. Le soir, après un rapide repas le plus souvent pris debout, tu te penches sur leurs devoirs, leur fais réciter leurs leçons. Puis elles montent se coucher. Mais pour toi, la journée n'est pas encore finie. Une règle jamais énoncée, mais à laquelle aucune de vous dans le village n'oserait se soustraire, veut que les femmes ne restent jamais inoccupées. Le travail, le travail. L'ancestrale, la millénaire obsession de la survie, le besoin farouche de faire reculer la misère, d'enrichir si peu que ce soit le maigre avoir qu'on possède. Tandis que le père tassé sur sa chaise face à la cheminée laisse couler les heures en tirant sur sa pipe, tu aides la mère à couper des betteraves, préparer du petit bois, écosser des fèves ou trier des lentilles. Après quoi, il faut encore tricoter ou repriser. Tu es l'aînée, tu leur as servi de mère, et très tôt dans ton âge, alors que tu n'as pas encore quitté l'école, cette lourdeur par tout le corps au long des journées, la nécessité où tu es de te harceler pour venir à bout de ce que tu entreprends, cette sorte de vague malaise qui te rend plus lente, moins efficace, t'empêche de prendre plaisir à ce que tu fais.

Quand vient le moment d'aller dormir, tu peines à gravir les marches. Parfois, tu n'as pas la force de te glisser dans ton lit, et tu restes là, les yeux dans le vide, affalée sur ta chaise. Tu leur as servi de mère, tu t'es employée à leur donner ce que tu ne recevais pas, et au fil des jours, des saisons, des années, pour seule fidèle compagne, la fatigue, la fatigue, la fatigue.

Un homme doux, bourru, méditatif, aux yeux bleu pâle, bons et malicieux, cerclés de petites lunettes rondes. Avec une ample barbe grise, une épaisse tignasse blanche, aux longues mèches rebelles, qui lui tombent sur le front, et qu'à tout moment, d'un geste machinal, il repousse en arrière. Il te paraît ineffablement vieux. Les matins d'hiver, il prend sa chaise et vient s'installer près du poêle. Aussitôt vous l'imitez, vous disposant en cercle, genoux contre genoux. Le poêle ronfle, le bois qui brûle sent bon, tu peux voir par la fenêtre les fines branches nues des bouleaux osciller dans le vent, et tu t'abandonnes à cette quiétude, t'enivres du bien-être qui naît de cette chaleur et cette intimité. Il s'exprime avec lenteur, d'une voix grave et basse, attentif à ce qu'il lit sur vos visages. Tu l'écoutes avec une concentration si totale que ses paroles se gravent dans ta mémoire, et que la leçon qu'il fait, tu n'auras pas à l'apprendre. Combien tu aimes l'école ! Chaque fois que tu pousses la petite porte de fer et t'avances dans la cour, tu pénètres dans un monde autre, deviens une autre petite fille, et instantanément, tu oublies tout du village et de la ferme. Ce qui constitue ton univers — le maître, les cahiers et les livres, le tableau noir, l'odeur de la craie, les cartes de géographie, ton plumier et ton cartable, cette blouse noire trop longue que tu ne portes que les jours de classe — tu le vénères. Et la veille des grandes vacances, alors que les autres, au comble de l'excitation, crient, chantent et cha- hutent, tu quittes l'école en pleurant. Les deux dernières années, quand venait ton tour d'être interrogée, il renonçait à vérifier si tu savais ta leçon, t'attribuait d'office la meilleure note. Ton sérieux, ta maturité et ta soif d'apprendre l'avaient impressionné, et bien qu'il ne t'eût jamais rien dit de ce qu'il pensait de toi, tu sen- tais qu'il te voyait comme un petit phénomène et te tenait en particulière estime. Un jour, bien plus tard, alors que prise de nostalgie, tu revivais les heures avides et enchantées que tu avais connues là, dans cette petite salle de classe, à littéralement boire ses paroles, tu oses t'avouer que tu avais fini par le considérer comme un père. Un père que tu as aimé ainsi qu'on aime à cet âge, d'un amour entier, vio- lent, absolu. La veille des vacances, tu quittais l'école en pleurant, moquée par tes camarades. Mais prisonnière de ton chagrin, tu avançais parmi eux en aveugle, hébétée, ne percevant rien de ce qui t'entourait. Puis il y eut ce matin inoubliable.

Aux côtés de Geneviève, ta meilleure amie, et de Paul, le second fils du charpentier, tu prends place à l'arrière d'une carriole. Tous trois assis sur une couverture pliée en huit, le dos appuyé à un ballot de foin, les pieds calés contre un petit sac d'avoine. Sur la banquette se tiennent l'instituteur et un paysan du village. Quand le lourd percheron se met en branle, le soleil n'a pas encore paru, il fait froid et tu grelottes. Mais tu n'en as cure. Tu es si prodigieusement excitée. Trente kilomètres. Tout un voyage, toute une expédition. Et tu vas découvrir la ville. Durant le trajet, dans la crainte de ne plus rien savoir et de piteusement échouer, tu t'efforces de faire taire cette excitation, rassembler tes esprits, ressusciter dans ta mémoire quelques bribes de connaissances. Tout est si beau, si étonnamment intéressant. Mais le voyage prend fin trop vite. Tu te retrouves à une petite table, la tête vide, le cœur battant. Puis le temps court, les heures s'enchaînent et déjà l'après-midi s'achève. Maîtres et élèves, vous vous réunissez dans une salle de vastes dimensions où règnent un intense brouhaha et une chaleur étouffante. Des parents vous rejoignent. On exige le silence et les résultats sont proclamés. Après quoi ton maître te demande de grimper sur l'estrade, et de te tenir bien droite face à l'assistance. Un homme à barbiche et à lunettes, fort imposant, commence une courte allocution. Quand tous les regards convergent sur toi, que tu entends que tu es la première du canton avec une moyenne encore jamais enregistrée, qu'il te félicite, tu te mets à trembler et dois prendre violemment sur toi-même pour contenir ton émotion. Il explique encore que tu es remarquablement douée, et qu'il faut regretter que le lycée de cette ville ne puisse à la rentrée prochaine te compter parmi ses élèves. C'est alors que tu ne peux plus te cacher ce que jusque-là tu as obstinément refusé de voir : tu vas quitter l'école pour n'y jamais revenir. Pour ne plus jamais rencontrer celui dont tu as tant reçu. Ne plus jamais passionnément t'adonner à l'étude. Et ce monde que tu vénères, ce monde des cahiers et des livres, ce monde auquel tu donnes le plus ardent de toi-même, ce monde va soudain ne plus exister. Tes muscles se raidissent, tes mains se nouent âprement dans ton dos, mais tu ne peux rien contre ce sentiment d'effondrement qui te submerge, et à ta grande honte, deux lentes traînées brillantes apparaissent sur tes joues.

À ton retour de la ville, au terme de cette journée que tu n'oublieras plus, le père et la mère ne t'ont pas félicitée. S'ils ont été heureux de ta réussite, ils ne t'en ont rien dit. Tu as toujours perçu qu'ils étaient secrètement hostiles au maître et considéraient l'école d'un mauvais œil. Sans doute estimaient-ils que là-bas tu leur échappais, que le temps que tu y passais aurait pu être mieux employé. La nuit était venue et ton couvert t'attendait. Mais tu n'as rien pu absorber.

Sans leur dire bonsoir, tu te réfugies dans ta chambre. T'assois de biais sur le rebord de la fenêtre. L'odeur du foin mêlée à la touffeur de la nuit. Elles jouent dans la cour, de l'autre côté de la maison, et leurs cris et leurs rires ajoutent à ta détresse. Un troupeau est au loin, peut-être près du bois de Malgovert, et de temps à autre te parvient le tintement assourdi d'une cloche. La tension tombe qui t'a possédée tout le jour, et bizarrement, il s'installe en toi un grand calme. Ne plus retourner à l'école. Ne plus revoir ton maître. Devoir renoncer aux cahiers et aux livres. Quand l'inspecteur a déploré que tu ne puisses entreprendre des études. L'entêtante odeur du foin dans la chaude et paisible nuit d'été. Pour la première fois, il te vient le désir de mourir.

Combien étranges les semaines qui ont suivi. D'abord ces lourdes journées d'été. Torpides, interminables. Au lieu de livrer sa lumière et d'entretenir la vie, le soleil assomme, ne répand que mort et ténèbres. Chaque matin, quand tu t'éveilles, son visage est là. Avec sa barbe, ses cheveux blancs en bataille, son regard doux et malicieux. Tu lui parles, lui demandes de continuer à te donner des leçons, le supplies de te laisser revenir à la rentrée prochaine. Tu as le désir d'apprendre, de garder contact avec ce monde des livres dont tu te sens exclue. Comment pourrait-il ne pas accepter ? Et aussi, lui dire que tu souffres. Il faut qu'il te vienne en aide. Qu'il trouve une solution. Apprendre. Dans l'unique but de savoir parler. Connaître le plus possible de mots et savoir dire aux autres ce qu'on est, ce qu'on ressent, comment on voit les choses. Ces phrases qui s'écoulaient de ses lèvres. Simples, aisées, passionnantes. Et qui bien souvent, exprimaient exactement ce que tu souhaitais entendre. Un jour, savoir parler aussi bien qu'il parle. Tu travailles avec rage, convaincue que ta fatigue finira par user ta souffrance. Mais tu crains que les petites ne pressentent que tu n'es plus comme avant, et le visage clos, la parole brève, tu t'appliques à ne rien laisser paraître. Un jour, posséder les mots, savoir dire ce que tu éprouves, savoir parler aussi bien qu'il parle. Semaine après semaine, tu t'éloignes de l'enfant que tu fus, de ce temps où vivre n'était qu'insouciance, crédulité, confiance, bonheur d'appartenir sans réserve à l'instant. Le char de foin est maintenant dans la grange. L'orage menace et la nuit descend. La cour déserte. Tu es assise sur le tronc d'un chêne couché là. La plus jeune est sur tes genoux et se fait câliner. Les cinq vaches que le père a lâchées dans l'enclos voisin viennent auprès de vous, et harcelées par les mouches et les taons, se frottent vigoureusement le cou sur le bord des dalles fichées en terre qui les séparent de la cour. Tu es fatiguée et restes silencieuse. D'un mouvement du buste, la petite s'écarte, effleure tes lèvres du bout des doigts, et te fixant dans les yeux, te demande pourquoi tu es toujours triste.

La veille de la rentrée tu prépares ton cartable en cachette. Le lendemain matin, avant qu'elles ne descendent, tu cours te cacher dans le bosquet qui s'élève à proximité du préau. Plus d'une heure après, tu les vois arriver un par un, ou par petits groupes. Les petites se tiennent sagement par la main et avancent sans parler. Tu te reproches de n'être pas passée le voir quelques jours plus tôt pour lui demander s'il serait possible que tu prolonges ta scolarité. L'idée t'en est venue mais tu n'as pas osé aller frapper à sa porte. Ni cris ni rires. Leurs voix comme un murmure, avec parfois un mot qui se détache. Ton cœur bat, le sang frappe à tes tempes et tu souhaites éperdument qu'il vienne te chercher. La cloche. Le bruit mat des sabots gravissant les marches. Le silence qui s'installe. Tu crois entendre des pas. Si violent est ton désir que tu ne doutes pas de le voir apparaître. Les minutes qui s'écoulent. Cette déception quand il te faut admettre qu'il ne viendra pas. Et la honte et la peur qui t'envahissent lorsque tu découvres que ce n'était là que folie. Tu t'enfuis, ton cartable plaqué contre ta poitrine. C'est la première fois que tu as fait quelque chose que tu réprouves. La première fois que tu vas devoir mentir. En franchissant le pont, tu jettes rageusement ton cartable dans la rivière. Tu ne songes même pas à ce qui t'attend à la maison, accablée par cette évidence que jamais plus tu ne seras une écolière.

Puis l'automne. Puis l'hiver. L'enfouissement sous la neige. Les lentes journées semblables. Le temps comme une inexorable agonie. Gagnée par le sommeil de la nature, tu doutes que la neige puisse un jour fondre, le printemps revenir, la vie réapparaître.

Passent les mois, les saisons. Arrachements. Ruptures. Métamorphoses. L'eau qui coule de la fontaine, un regard échangé avec un garçon, le rire ou les sanglots de la petite, le hêtre qui se dresse au bas du pré, le mutisme du père, un veau qui vient de naître — tout t'étonne, te trouble, t'émeut ou te blesse, entretient en toi un permanent tumulte. Tu ne possèdes aucun livre, n'as rien à quoi appliquer ton esprit, et tu comprends que le seul savoir que tu puisses acquérir, tu dois le tirer de ce qui t'entoure, des quelques rares personnes avec lesquelles tu te trouves en contact. Aussi ton œil s'exerce-t-il à bien observer, à sonder les regards et déchiffrer les visages. Tu apprends à connaître tes jeunes sœurs, le père et la mère, vos voisins, quelques amies. Tu découvres ce que sont vos rapports à l'intérieur de la famille, ce qui constitue la vie du village, de quoi est tissée l'existence de chacun. Et puis les bêtes, l'eau, les arbres, les saisons, la nature tout entière.

Désillusions. Effroi. Révoltes. Accablement. Silencieux enthousiasmes. Ce que tu vois et entends, ta mémoire infaillible l'enregistre, et avant de t'endormir, tu le reprends, l'interroges, et les conclusions que tu en tires, tu t'emploies à bien les dégager, puis à te les formuler à toi-même. Ensuite, tu les engranges afin de pouvoir en disposer chaque fois que tu en éprouveras le besoin. Mais tout est si compliqué, étrange, inextricable. Bien souvent, tu t'endors avant d'avoir rien pu élucider. Un fouillis de questions te harcèle qui à chaque assaut te fait vaciller. Un soir d'été, tu t'échappes en cachette avec une couverture sous le bras. Tu déplies celle-ci au milieu du pré, t'étends sur le dos et passes la nuit à contempler ce ciel où frémissent des millions d'étoiles. Tu interroges, scrutes, demeures longtemps dans une stupeur émerveillée. Puis soudain, la foudroyante conscience que tu n'es rien. Qu'un être humain n'est rien. Que ta vie n'a pas plus d'importance que ces brins d'herbe pris entre tes doigts. Grelottante, déprimée, tu regagnes ton lit quand le jour se lève, te demandant si l'on peut continuer de vivre quand on se trouve aux prises avec pareille révélation.

Celle-ci on se demande d'où elle vient. Ces mots, on te les lance quand tu déconcertes, qu'on ne sait comment réagir à ce que tu dis. Ils te meurtrissent profondément. Ils t'amènent à supposer que tu viens d'ailleurs, que le père et la mère ne sont pas tes parents, que tu n'es pas membre de cette famille. Pour réduire les occasions où on pourrait te les jeter au visage, toi qui déjà parlais peu, tu t'obliges à encore moins parler et à ne dire que ce que tu as attentivement pesé. La veille des grandes vacances, quand vous vous échappiez de l'école, tous se réjouissaient, tandis que toi, tu ravalais tes larmes. Première circonstance où tu t'es sentie autre, différente, comme mise à l'écart. Première blessure qui n'a jamais cicatrisé.

En fin d'après-midi, tu redoutes ces instants où Germaine vient chercher son lait. Depuis que ses deux frères sont tombés devant Verdun, elle vit seule et souffre de sa solitude. Aussi chaque soir reste-t-elle le plus longtemps possible. Après avoir parlé du temps qu'il fait et débité les habituelles banalités, elle en vient à toi. Tu lui rends souvent service, elle t'a prise en affection, et dans le double but de te plaire et de s'attarder encore un peu, elle se met à chanter tes louanges. Toujours debout au même endroit, près de la cheminée, son bidon plein à la main, elle lève sa canne en ta direction et commence infailliblement par ces mots, *elle ira loin, cette petite, elle ira loin.* Des mots qui se veulent agréables, mais qui paraissent te rejeter. Te couper de ceux que tu aimes.

Bonne à tout faire dans une famille fortunée ? Fille de salle dans une auberge ? Repasseuse dans un important hôtel de la ville où travaillent de nombreux employés ? Ton avenir t'angoisse. Un soir, la voix à peine audible, tu demandes au père si l'on ne pourrait envisager que tu apprennes un métier. Il refuse, affirme que tu dois rester à la ferme, que tes jeunes sœurs ne sauraient se passer de toi.

Ses lèvres non pas closes mais scellées. Vos repas pesamment silencieux. Le dos courbé, sa bouche à hauteur de l'assiette, et tu ne vois que le dessus de sa casquette. Les filles ne pipent mot ou se chuchotent furtivement quelques brèves paroles à l'oreille. Les regards craintifs que tu échanges avec elles. Plus rarement avec la mère. Parfois, il a un léger mouvement de tête. Enfouis dans l'ombre, sous la visière, ses yeux brillent et rencontrent les tiens. Le coude appuyé sur la table, son avant-bras droit décrit un quart de cercle, et la main ouverte, il attend. Mais tu es attentive, et sans avoir à chercher ce qu'il lui faut, tu places immédiatement dans sa paume le pain, la salière, ou la bouteille qu'il désire. Ce permanent et douloureux besoin de lui parler, de l'interroger sur son enfance, ses parents, sa jeunesse, sur ces terribles années qu'il a passées dans les tranchées. Mais si farouches sont ses silences que tu ne peux articuler le moindre mot. Après le repas, à peine est-il dans la grange, la tension tombe et les filles se mettent aussitôt à rire et jacasser.

Tu es seule et entends qu'on frappe à la porte. Avant même que tu ne répondes, il entre et laisse tomber son volumineux ballot au milieu de la cuisine. Tu sursautes et te reprends vite. Il ne prononce aucun mot, et l'index dressé devant ses lèvres, le regard rieur, il part à reculons. Il revient quelques secondes plus tard avec une lourde malle en osier. Il l'ouvre, tire à lui le ballot, défait les nœuds de la toile à matelas, et en faisant le pitre, se met à disposer sur la table et les chaises, draps, chemises de nuit, blouses, torchons, boutons, ceintures, ficelle, couteaux… Il n'a toujours pas prononcé un mot, et avec un embarras grandissant, tu te demandes s'il ne serait pas muet. Puis il s'immobilise, écarte les jambes, porte les mains à ses hanches, et part d'un bruyant éclat de rire. Grand, bien découplé, tout de noir vêtu, un foulard mauve autour du cou, un ample béret posé à plat sur la tête et légèrement incliné sur le front. Son regard pétille, et sous l'épaisse moustache brune, les dents sont éclatantes. Enfin il parle. D'une voix grave, chaude, qui te remue profondément. Les parents vont arriver pour le repas de midi, et avant qu'ils soient là, tu prends sur toi de l'inviter à manger. Excitée, redoutant la réaction du père, ébahie de te trouver seule face à cet étranger, tu veux néanmoins savoir qui il est, d'où il vient, s'il a une famille, s'il lui arrive de faire des rencontres intéressantes… Puis sans que tu aies à vaincre ta timidité, et à ton vif étonnement, tu

28

t'entends lui parler de toi. Ta vie, tes sœurs, l'ennui des dimanches, la rugosité du père, ton plaisir lorsque tu gardes vos vaches à rêver de départ, les yeux fixés pendant des heures sur cette route blanche qui sinue en direction de l'ouest... Quand les parents poussent la porte, tes mains tremblent, tu vas et viens en te cognant à la table, aux chaises, t'irrites de ne pouvoir faire cesser les aboiements du chien. Passé la surprise, le père prend plaisir à cet imprévu et accepte avec bonne humeur de partager un repas avec ce gai luron. L'homme enchaîne aussitôt en racontant une histoire à propos de son mulet. Tu t'échappes et rejoins celui-ci dans la cour. Il est attaché à un arbre, et tu lui parles, le caresses, lui apportes de l'avoine et de l'eau. Ses sabots sont blancs de poussière. Le harnais est posé sur une dalle, et tu t'en saisis pour la seule joie de le tenir un instant dans tes mains. Tes deux plus jeunes sœurs sortent de l'école. Elles t'ont aperçue, et avec d'autres enfants, arrivent en courant. Lorsque avec elles deux tu pénètres dans la cuisine, tu marques un temps d'arrêt en voyant le père s'esclaffer. Surprises de découvrir cet inconnu, elles restent interdites et ne savent comment se comporter. Pendant le repas, tu gardes le silence, et à plusieurs reprises, tu sens le regard inquisiteur de l'homme se poser sur toi. Le père est revenu de la cave avec deux bouteilles, et tu comprends que s'il fait bonne figure à l'étranger, c'est parce que celui-ci va lui donner l'occasion de boire plus qu'à l'ordinaire. Tu n'as pas vu passer le temps, et quand tu te rends compte de l'heure, tu dois insister pour que les filles se décident à partir. Elles quittent la table sans que nul ne les remarque, et tu les accompagnes jusqu'à la porte de la grange, insistant pour qu'elles ne s'arrêtent pas auprès du mulet. À la fin du repas qui a traîné en longueur, tu te réjouis de voir partir le père avec un voisin venu le chercher pour ferrer une paire de bœufs. Ainsi restes-tu seule avec la mère, et lorsque l'homme vous présente sa marchandise, tu la pousses à acheter le maximum d'articles. Quand il s'apprête à vous quitter, tu offres de lui porter une de ses malles afin de pouvoir l'accompagner. Tu l'aides avec empressement à atteler le mulet, charger la carriole. Le manche de son fouet est torsadé, et il a un large rire lorsque tu lui apprends que tu n'en as jamais vu d'aussi beau. Dans un souffle, tu lui demandes s'il reviendra bientôt. Il lâche les rênes qu'il venait d'empoigner, pose sa main sur ton épaule, et te fixant dans les yeux, le regard soudain grave, te déclare que tu es un beau brin de fille, qu'il a eu beaucoup de plaisir à parler avec toi.

Tu aides une voisine à ranger son grenier, et vous avez la surprise de découvrir des casques, des sabres, des uniformes datant de la guerre de 1870. Au fond d'une armoire, sous de vieux sacs de pommes de terre, tu déniches une bible en assez bon état. Tu la tapotes pour en faire tomber la poussière, puis tu l'ouvres, et en t'agenouillant près de la petite fenêtre, lis la première ligne en haut de la page de droite :

> *Faisant dévier mes chemins*
> *il m'a déchiré*
> *et il a fait de moi une horreur...*

Tu la lis, la relis. Les mots te pénètrent, prennent possession de toi, font lever tout un magma d'idées confuses, rejoignent des questions que tu ne saurais formuler mais qui sont toujours à rôder dans ta nuit. La tête appuyée contre le mur, ce volumineux ouvrage pressé contre ta poitrine, tu restes ainsi un très long moment, en proie à une joie mêlée de tristesse et d'angoisse. Quel destin va t'échoir ? Quelle sera ta vie ? Et ces obscures aspirations qui te travaillent, où vont-elles te conduire ? Tu voudrais dire à cette femme ce qui t'étreint, mais tu ne sais pas parler, n'oses pas, crains de la voir sourire, et l'après-midi se passe sans que vous échangiez un mot. Des images en toi glissent, se mêlent, s'enchevêtrent... Partir, certes, partir. Mais que rien ne fasse dévier tes chemins. Cette route que tu

31

aimes tant à regarder. Et celles qu'emprunte au long des jours ce colporteur qui t'a laissée dans une telle souffrance.

Dès que tu peux t'esquiver un instant, tu grimpes en toute hâte dans ta chambre, ouvres cette bible et en parcours avidement quelques lignes. Tu ignores d'où viennent ces textes, à quelle époque lointaine ils furent écrits, qui étaient ces hommes qui ont su tirer d'eux-mêmes des paroles aussi justes et aussi vraies, mais cela ne te préoccupe guère. Leurs mots bruissent longuement dans ta tête, ils te délivrent de ce qui t'oppresse, expriment ce que tu ressens, te donnent de la vie. Et à force de lire et relire certaines pages, elles se gravent en ta mémoire, si bien que lorsque tu ne les as pas sous les yeux, tu peux te les réciter et continuer de t'en nourrir. Sur un des cinq cahiers achetés au colporteur, tu recopies des proverbes, des sentences, ces paroles des prophètes qui t'ont touchée au vif et t'aident à entrer en un contact plus intime avec toi-même. Parfois, le crayon à la main, tu les interroges, les commentes, les relies à ton expérience, tes doutes, ton angoisse, et progressivement, tu en viens à parler de toi, consigner ce qui t'occupe, te dire à toi-même ce que tu ne peux confier à personne. Ainsi, jour après jour et sans t'en rendre compte as-tu pris l'habitude de tenir très régulièrement ton *Journal.*

Ce monde que tu découvres en toi, il te passionne. Tu aimes ces instants où tu es seule, n'as rien à faire et où tu t'absorbes en toi-même, écoutes le murmure de cette voix que tu entends toujours mieux. Elle te dit des choses qui te surprennent, te déconcertent, s'opposent parfois radicalement à ce que tu penses, mais tu sais qu'il te faut les accepter et essayer de les comprendre. Cette voix inconnue, que veut-elle ? Qu'a-t-elle à t'apprendre ? Où va-t-elle te mener ? Ce dont elle t'entretient se situe si loin de ta pauvre vie de petite paysanne que tu te sens écartelée. Il y a celle qui prépare la cuisine, fane, garde les vaches, prépare la bouillie des cochons, et il y a celle qui souffre de solitude, songe continuellement à la mort, se demande si Dieu existe, mais qu'ont-elles de commun ? Combien tout cela te paraît étrange. Et ces questions sur toi-même qui ne te laissent aucun répit. Auxquelles tu ne sais jamais que répondre.

Ce monde qu'il te faut explorer, quand tu t'avances en lui, il se défait, se dilue, perd la réalité qu'il semblait avoir à l'instant où tu éprouvais le besoin d'y pénétrer. Tu voudrais rencontrer en toi la terre ferme de quelque certitude, et tu n'y trouves au contraire que sables mouvants. Souffrance aussi de ne pouvoir communiquer avec la mère non plus qu'avec le père. Elle qui s'use au travail, et lui, muré, qui n'ouvre la bouche que pour ronchonner et bougonner des ordres. Atmosphère pesante. Sensation d'être toujours décalée. Sentiment obscur que ce qui gît en toi est plus ou moins perçu comme une tare et qu'il te faut veiller à le garder secret. Et cette autre souffrance à voir comment se comportent les habitants du village. Comme rongés par un mal secret d'où ne résultent que défiance, suspicion, jalousie.

La beauté de ce jour. La lumière de ce dimanche de juin où vous partez toutes quatre en pique-nique. Tu es encore dans l'étonnement d'avoir pu fléchir le père, la joie de savoir que tu es libre de toute tâche, que ces heures à venir t'appartiennent. Et cette excitation à vous sentir seules, à échapper aux parents, à faire ce que vous n'aviez encore jamais fait. Vous tenant par la main, vous quittez le village en marchant d'un bon pas, impatientes de vous en éloigner. Vous riez, chantez, avez tant à vous dire que vous parlez toutes quatre en même temps. Après deux heures de marche, sur un chemin qui s'élève en pente douce au flanc de la montagne, vous arrivez dans ce pré d'où tu aimes à contempler le village et ce mince ruban blanc qui coupe le vert des prés et des bois. Cette route, elle se confond avec tes rêves, tes désirs, tes aspirations, et dès que tu la vois, en toi tout s'embrase. Un jour, partir, t'arracher à l'étau de la famille, à l'ennui du village, des hivers, et marcher, marcher, aller à la rencontre du monde des villes, d'êtres clairs et aimants, à la rencontre d'une vie délivrée de la souffrance et du mal. En ce jour, tu es autre, et elles aussi sont autres. Ce que vous vous dites et qui n'a rien que de banal, vous n'auriez pu vous le dire si vous étiez restées à la ferme. Et la nature elle aussi te paraît différente. À un point tel qu'il te semble n'en avoir jamais rien vu jusqu'alors. Le désir te vient de leur faire partager ton émotion, et tu te mets à leur détailler ce que vous avez sous les yeux : les maisons groupées autour de l'église, les toits d'ardoise grise, les fumées qu'aucune brise ne dissipe, les méandres de la rivière, les arbres qui la bordent, le cimetière à l'écart du village, la géométrie des champs, les ocres bruns des vaches dans les embouches, la variété de tous ces verts, cette mince route blanche par laquelle l'une après l'autre vous vous évaderez, l'épervier qui plane au-dessus de vous, la ligne rigoureusement horizontale où, des deux côtés de la vallée, les bois bordent les prés, puis loin au-delà de la crête la plus proche

— vert noir des sapins, gris pâle des falaises —
des montagnes plus hautes, plus sévères, aux
formes heurtées. Et aussi cette immensité
bleue, avec cette radieuse lumière qui inonde
chaque chose, répand la vie, et en ce dimanche
vous insuffle pareille joie. Sous ce bouleau, tes
sœurs assises devant toi, les mots coulent en
abondance de tes lèvres. Leurs visages levés et
tendus. Leurs regards étonnés et avides. Tu
n'as jamais autant parlé, et tu as tant à dire
qu'il te paraît que tu pourrais poursuivre ainsi
pendant des jours. Tu évoques ces hommes
qui ont vécu il y a des siècles et des siècles, leur
racontes les malheurs de Job, les cris de douleur de Jérémie, les visions d'Ezéchiel, l'âme
tendre et violente d'Osée, la solitude et la tristesse désolée de celui qui disait les choses les
plus simples, n'était pas compris, qu'on a couvert de crachats et fini par clouer sur une croix.
Quand ta griserie prend fin, tu t'aperçois que
les ombres se sont allongées, et tu découvres
avec confusion que vous n'avez pas touché à
votre repas. Tu es gênée d'avoir trop parlé,
d'avoir laissé entrevoir ce que tu tenais caché,
et vous mangez en silence. Puis vous restez
étendues à rêver en regardant le ciel à travers
le clair feuillage d'un bouleau. Quand vous
entendez les cloches des troupeaux qui ren-
trent, vous vous mettez en route. La beauté de
la vallée sous cette douce lumière qui décline.
En toi, une grande paix, une joie intense et

grave, la douce brûlure de cette affection passionnée que tu leur portes. Les deux petites ont passé leur bras autour de ta taille et se pressent contre tes flancs. La grande te suit, sa main caressant ta nuque. Tu ressens en cet instant combien la vie est belle et bonne, et tu te promets en secret de ne quitter ce village que lorsque toutes trois seront mariées.

Le froid. La lumière grise, inerte. Les taches d'humidité sur les murs, et par endroits des plaques de plâtre se sont détachées. Tu tressailles. Penses à un sépulcre. Ton travail achevé, il se trouve que tu es exceptionnellement seule en ce dimanche matin. Tu descends à la cuisine. Devant la cheminée, jambes offertes au feu qui flambe, tu lis les Psaumes lorsqu'une irrésistible impulsion te saisit et te pousse à te rendre à l'église, moins pour assister à la messe que pour écouter le sermon.

Sois attentif à ma clameur
je suis au fond de la misère...

Viens vite, réponds-moi,
je suis à bout de souffle...

Tu es toute vibrante de ces mots qui continuent de retentir en toi, et c'est avec une ferveur avide que tu t'apprêtes à recevoir cette méditation qu'une parole de l'Évangile a dû lui inspirer.

Tu voudrais que quelqu'un t'aide à débrouiller ces pensées confuses que tu ressasses. T'aide à répondre à ces questions qui se font de plus en plus pressantes et t'empêchent d'éprouver une nécessaire joie de vivre. Tant d'énigmes auxquelles on ne peut échapper et qui pèsent, nous sont un vrai fardeau.

Pourquoi es-tu née ici ? Dans cette famille ? Quand vas-tu mourir ? Pourquoi le père n'est-il jamais capable d'un mot gentil ? Le destin te permettra-t-il de toujours veiller sur tes jeunes sœurs ? Que te réservent les années qui viennent ? Quel caractère aura l'homme qui deviendra ton époux ? Parlera-t-il aussi peu que le père ? Si Dieu existe, pourquoi permet-il qu'il y ait la solitude, la maladie, la mort ? Est-il possible qu'il se préoccupe à chaque instant de chacun des humains qui peuplent la terre ? Pourquoi tient-il à nous faire renaître après la mort s'il tolère que cette vie ne nous apporte le plus souvent que déceptions, tristesse, amertume ? Et puisqu'il sait ce que son fils a enduré, pourquoi n'a-t-il pas pris des mesures pour faire en sorte que nous n'ayons jamais à souffrir ?

Les larges traînées d'humidité sur les murs. Tu frissonnes. Le silence rompu par les toux.

Des femmes en noir, bras croisés, tassées sur leur banc, la tête enfoncée dans les épaules. Derrière toi, debout, quelques hommes. Une pesante atmosphère d'ennui, de vie figée, qui sourdement te pénètre, fait tomber ta ferveur.

Les marches de bois vermoulu craquent quand il monte en chaire. Les cheveux blancs, les joues creuses, un regard éteint. Qu'a-t-il compris? Que sait-il? Saurait-il répondre à certaines des questions qui te taraudent? Aller un jour frapper à sa porte. Mais à quoi bon? Ces cloisons invisibles qui rendent impossible toute rencontre.

Il garde quelques secondes le silence, approche une feuille près de son visage, puis commence à lire d'une voix terne et étouffée : *Si quelqu'un veut venir à ma suite, qu'il se renie lui-même, qu'il se charge de sa croix et qu'il me suive...*

Se renier soi-même. Tu t'interroges sur la signification de ces mots que tu as du mal à comprendre. Mais il explique. Il faut s'oublier, ne pas penser à soi. Il faut quitter sa maison et partir pour vivre une vie plus haute que celle que nous menons habituellement, englués que nous sommes dans le quotidien. Déjà tu n'écoutes plus. Partir, partir... En seras-tu capable? Tu te vois marcher pendant des jours et des jours, longer des champs, traverser des forêts. Entraînée par la cohorte, tu avances avec lenteur, courbée sous ta croix. Le colporteur chemine à ton côté, suivi par son mulet. Tu ne sais où vous allez, mais cela importe peu. Simplement marcher, marcher. Aller toujours plus loin sans jamais s'arrêter. Pour t'éloigner de ce village. Fuir ce qui t'oppresse, t'enferme, te tient comme dans une tenaille.

En entrant dans la cuisine, M. Germain, l'ancien maire, se décoiffe, et il s'immobilise au milieu de la pièce, l'air embarrassé, pétrissant sa casquette de ses grosses mains rougies par le froid. Tu files chercher le père à l'écurie, et ils s'assoient de part et d'autre de la table tandis que tu leur verses un verre de vin. La soirée commence, et vous, la mère et les filles, vous êtes assises en rond devant la cheminée, leur tournant le dos, tendues vers ce qui va se dire. Pendant une trentaine de minutes, M. Germain parle de choses et d'autres. Le père ne pipe mot mais acquiesce parfois d'un bref mouvement de tête.

Après un interminable silence, M. Germain se met à raconter qu'il profite de cette période de relatif beau temps pour couper des arbres avec son fils. Tout se passe bien, mais il lui faut avouer qu'aujourd'hui… Là-haut, il reste encore de la neige et ils n'ont pas pris garde à la limite. La borne n'était pas visible, et d'ailleurs il en est le premier ennuyé, ils ont malencontreu-

sement abattu trois sapins qui ne leur appartenaient pas.

– Quoi ? gémit le père. Trois sapins ? À moi ?

L'homme s'empresse d'ajouter qu'il vient justement présenter des excuses. Le père n'a
aucun souci à avoir. Il sera dédommagé. Mais
furieux, le père ne veut rien entendre. M. Germain répète ce qu'il vient de dire, explique que
c'est une simple erreur, qu'il ne faut pas en faire
une histoire, qu'ils vont s'arranger à l'amiable.
Mais il finit par comprendre qu'il parle en pure
perte, qu'il ne réussira pas à l'amadouer. Alors il
se lève, et sans avoir touché à son verre, dans un
silence lourd, il prend la porte.

Tu es bouleversée. Tu aurais voulu intervenir,
mais si tu avais tenté d'arranger les choses, tu ne
serais parvenue qu'à rendre le père encore plus
furieux. Ici, c'est lui qui décide, commande,
exige, et vous les femmes, il vous faut filer doux.
Si contre toute attente, par exception, sous l'em-
prise d'une réaction incontrôlée, il vous arrivait
de regimber, de protester, de ne plus vous montrer soumises, ce serait comme la foudre qui
s'abattrait sur vos têtes. Et parce que vous vivez
dans la hantise que cela ne se produise, vous
veillez à ne jamais le contrarier. Ce soir-là, vous
montez dans les chambres sans qu'aucune de
vous ait osé prononcer un mot.

Ta nuit est coupée de cauchemars. Le lendemain, dès qu'il t'est possible de t'échapper, tu
cours chez M. Germain. Face à lui, tu ne peux

41

retenir tes larmes. Alors son épouse te prend dans ses bras et elle te console.

Tournent les saisons, passent les années.

Tes rapports avec le père se sont compliqués. Tu t'emploies à donner entière satisfaction, travailles autant que tu le peux, mais il semble que ce ne soit jamais assez. Par un regard, une moue, un mot, il s'arrange pour marquer que tu aurais pu faire mieux, aller plus vite, t'y prendre autrement. Jamais il ne te remercie, ne t'encourage, ne te félicite. Chaque fois que tu achèves un travail, tu attends une parole qui prouverait qu'il est content de toi, qu'il apprécie ton sérieux, qu'il te sait gré de t'acharner à la tâche. Mais chaque fois, c'est la même déception.

Tu t'appliques à cacher que tu souffres, mais tu te surprends à sourdement le détester.

Tu n'as aucun souvenir qu'il t'ait un jour tenue sur ses genoux ou se soit occupé de toi, et souvent, il donne l'impression de ne pas vous voir, de ne pas savoir que vous existez. Il garde toujours les lèvres closes, et quand il ouvre la bouche, c'est pour commander ou te faire une réflexion désagréable. Un soir, découragée, comme tu te plains à la mère, elle t'apprend qu'il ne te pardonne pas d'être une fille. Il aurait voulu que le premier de ses enfants soit un garçon. Un garçon qui l'aurait épaulé plus efficacement, aurait porté le nom et repris la ferme.

Tu ne peux t'empêcher de l'observer, de suivre chacun de ses gestes, de noter tout ce qu'il fait. Le voir, l'entendre manger est pour toi une épreuve. En sortant de table, il aspire bruyamment sa grosse et noire moustache qui garde des traces de vin, et ce bruit de succion te dégoûte. Mais ce qui t'est le plus insupportable, c'est de l'entendre parler de vos voisins, ou de tel et tel habitant du village. Il ne sait que critiquer, dénigrer, déverser sa rancœur.

Tu le détestes et tu te le reproches. De crainte que tu ne te trahisses ou qu'il n'en vienne à soupçonner tes sentiments, tu préviens ses désirs, t'empresses de lui obéir, travailles avec toujours plus d'acharnement.

Souvent tu rêves à celui qui sera ton mari et une évidence s'impose : il ne devra en rien ressembler au père. Il n'aura chance de te rendre heureuse que s'il se montre attentif à ce que tu es. Que s'il veille à te parler et t'écouter, que s'il te donne de l'affection, et aussi un peu de tendresse. Mais au préalable, il lui faudra t'apprivoiser. Il n'y parviendra que s'il sait mettre fin à cette peur que t'inspirent les hommes.

Ta soif de vivre et ta soif d'apprendre. Toutes deux violentes, insatiables. Mais tu es prisonnière de ta famille et tu ne possèdes qu'un seul livre. Dès que tu as le loisir de grimper dans ta chambre et l'assurance qu'on ne te découvrira pas, tu ouvres la bible et lis avidement. Parfois, dans un vieux cahier d'école précieusement conservé, tu notes à la hâte, craignant d'être surprise, un mot dont tu ignores la signification, ou bien encore une question qui t'a traversé l'esprit. Tu ne doutes pas qu'un jour tu auras la joie d'acquérir un dictionnaire, et aussi bien d'autres livres, de ceux qui aident à mieux connaître les hommes et mieux comprendre la vie.

Tu sais maintenant par cœur des pages entières de l'Ecclésiaste et du Livre de Job, et lorsque tu es seule à garder les vaches ou à râteler un pré, tu te plais à te les réciter. Tu trouves dans ces textes un peu de ta souffrance, de tes doutes, de tes brèves révoltes, de tes espoirs, et quand tu les relis, les médites, tu as l'impression qu'ils te révèlent à toi-même. Ta hantise est de mourir sans avoir vécu, sans avoir pu apaiser ta soif, sans avoir rencontré ce que tu ne saurais dire mais qui te fait si douloureusement défaut.

Ces questions qui te tournent dans la tête, elles t'épuisent. Certains jours, il arrive que sans t'en rendre compte, tu t'interrompes de travailler, saisie par l'une d'elles. Mais la réponse ne vient jamais, et chaque fois, la déception que tu éprouves s'ajoute à ta désespérance, ta fatigue.

Il est impossible que tu puisses avoir une vraie conversation avec l'une de tes sœurs. Elles sont pourtant gentilles, une tendre affection vous unit, vous vous entendez fort bien, mais tu dois reconnaître qu'elles manquent de maturité. Quand le père est absent, elles sont gaies, insouciantes, et tu sens que tu ne peux les faire participer à ta vie intérieure. Il arrive que tu en sois déçue. À d'autres moments, tu t'en réjouis. En leur parlant, en t'ouvrant à elles de ce qui t'agite, tu craindrais de les charger d'un poids qu'elles n'ont pas à porter. Mais si au moins elles pouvaient savoir combien tu es malheureuse, combien tu es seule.

En été, le dimanche, quand tu peux disposer de ton après-midi, tu aimes à te rendre en haut de la côte, là où la route tourne à angle droit et arrive sur le plateau. Assise dans un pré, tu restes de longues heures à contempler le village et la combe. Tu observes les champs, les troupeaux, la rivière, les arbres, joues à deviner, en repérant un toit, à qui appartient la maison qu'il abrite. Tu songes, tu rêves, te reposes, apprécies d'être loin de la famille, loin du regard policier du père. N'ayant plus à te réprimer, tu peux enfin être toute à toi, t'abandonner à ces questions qui t'assaillent. L'une d'elles ces temps se fait plus insistante et te jette en un profond trouble. Tu ne cesses de te demander pourquoi tu n'as pas de véritable amie, pourquoi aucun garçon ne vient rôder autour de toi. Il est pourtant indéniable que tu es une belle fille, que tu as un visage avenant, que tu brûles du désir de partager ce que tu vis. Quand tu rencontres un garçon dans la rue du village, tu engages volontiers la conversation, plaisantes, le taquines, mais après avoir bavardé un instant avec lui, tu es déçue que l'échange tourne court. Pourquoi ? Pourquoi ne perçoit-il pas ton appel ? Pourquoi dois-tu être systématiquement renvoyée à la solitude, à ces heures noires où tu tournes en rond sans pouvoir échapper à ce qui te ronge ?

Tu prends plaisir à regarder le brun de cette terre fraîchement retournée, près du cimetière, et ces mots qui se sont incrustés en toi la première fois où tu les as lus, te reviennent à l'esprit.

Pourquoi avez-vous labouré le mal ?

Ici, dans le village, tu en es maintenant convaincue, le mal se nomme envie, jalousie. Les brouilles, les zizanies, les rancunes, les haines transmises de génération en génération. Toutes n'ayant à leur origine, la plupart du temps, que de pauvres, de dérisoires motifs.

Une nuit, par exemple, une vache échappée d'un enclos a mangé et piétiné une vingtaine de betteraves dans le champ du voisin. Une autre fois, un malotru a traversé un pré dont l'herbe était haute avec ses bœufs attelés à une faucheuse. Ou un grand-père a déplacé les bornes d'un champ dans le désir d'effacer l'affront subi le jour où le cousin avait refusé de prêter son tombereau. Ou bien encore, une lointaine et minable histoire d'héritage — il ne s'agissait que de quelques outils à se partager — a fait de deux frères des ennemis, et les descendants n'ont jamais cherché à se réconcilier. Chaque fois, après l'incident initial, les imaginations s'étaient échauffées, avaient déliré, attribué les pires intentions à celui ou ceux dont tout semblait prouver qu'ils nourrissaient les plus noirs desseins, qu'ils n'attendaient qu'une occasion pour régler des comptes et se venger.

Ces jalousies t'étonnent. À une ou deux exceptions près, les propriétés et les troupeaux sont de valeurs équivalentes, et tu ne saisis pas pourquoi un tel en vient à détester tel autre qui n'est pas mieux loti que lui et à qui il n'a quasiment rien à reprocher.

Ces discordes, ces inimitiés, ces gens qui refusent de se parler, tu en as honte. Tu voudrais les oublier, mais ta pensée en est obsédée. Il est vrai toutefois que tu serais sans doute moins affectée par cet état de choses si ton père n'était un de ceux qui contribuent à créer ce climat de défiance et de chicane. Pour compenser, tenter d'améliorer ce qui peut l'être, et aussi, t'opposer au père, tu prends le contrepied de son attitude, n'hésites pas à faire des avances aux personnes qu'il affecte d'ignorer.

Oui, tu as honte. En permanence. Honte que les hommes soient si mesquins, si prompts à se déchirer, si peu enclins à préférer la concorde à la brouille. Et à l'idée que tu es constituée de la même pâte qu'eux, tu es emplie d'effroi.

La gravité de ton regard. Un regard doux et ardent, qui ne se détourne jamais, figé par la stupeur où te jette l'étrangeté de ce sur quoi il s'attarde. Un regard qui palpe et interroge, sonde et caresse, pénètre et étreint, cherche à savoir qui est l'autre, ce qu'il pense, comment il endure sa vie.

La gravité de ton regard gêne, dérange, impressionne, et c'est elle qui pour une grande part creuse autour de toi cette solitude dans laquelle tu t'enfonces chaque jour un peu plus.

L'existence ne présente pas grand intérêt lorsqu'on n'a pour but que soi-même. Tu aimerais te dévouer, entrer au service d'une collectivité, faire du bien aux autres, mais le père s'oppose à ce que ses filles quittent la ferme. Ton avenir te préoccupe. Dès que la chose s'avérera possible, tu voudrais t'échapper et te fixer dans une ville. Avant tout pour te donner les moyens de t'instruire. Pour t'instruire tout en travaillant et profiter des multiples avantages qu'offre une ville. Aller au théâtre, fréquenter des gens intéressants, voir des vitrines, danser, vivre dans de meilleures conditions...

En ce dimanche de juin, tu te promènes sur ce chemin qui traverse le fond de la combe, et en s'élevant, conduit à H., une petite ville proche, connue pour ses sanatoriums. Trois filles du village sont employées dans l'un d'eux, et tu souhaiterais un jour pouvoir te joindre à elles. Dans un premier temps, cela te donnerait l'occasion de quitter la ferme. Tu n'ignores pas pourtant que lorsqu'on mentionne le nom de cette ville, c'est en baissant la voix. H. reçoit de nombreux malades et la tuberculose fait peur. On ne sait comment la combattre et elle continue de tuer. Là-haut, venus pour se soigner, des malheureux sont vaincus par la maladie et les jeunes ne sont pas épargnés. De surcroît, on sous-entend que c'est une ville de perdition. Des hommes et des femmes restent là à attendre la guérison pendant des mois, parfois des années. Inoccupés, privés de divertissements, coupés de leur famille, nombre d'entre eux cherchent l'aventure, vivent des amours illicites. Se sachant condamnés, certains sont pris d'un frénétique désir de vivre et lâchent les amarres. Des rumeurs circulent. On raconte que ces malades sont des dépravés. Ils perdent tout sens moral et se livrent aux pires excès. Mais toi, toi qui es encore passablement ignorante de la vie, qu'irais-tu faire en ce lieu d'infamie ? Et des deux dangers auxquels tu te trouverais exposée, lequel serait le plus à craindre ? Te savoir tuberculeuse ou sombrer dans la débauche ?

Tu aimes ces journées du début d'été. Le soleil brille, mais le fond de l'air reste frais et la chaleur est agréable. Tu t'arrêtes là où commence la forêt de sapins et t'assieds sur un des troncs couchés le long du chemin. Hormis le chant des oiseaux et le gargouillis d'un filet d'eau qui coule un peu plus loin, il règne ici un profond silence et tu savoures ces instants de solitude.

Tu n'étais jamais arrivée jusque-là et tu découvres cet endroit. Il a quelque chose de secret, de sauvage, et tu te sens vaguement inquiète. Tu laisses ton regard errer, monter le long des hauts fûts qui se dressent au-dessus de toi, et tu prends plaisir à te laisser pénétrer par ce qui t'entoure. En cette période de l'année, les arbres ont mis leurs feuilles. Elles luisent, ont la fraîcheur de ce qui vient de naître, et tu perçois cette prodigieuse vitalité de la nature, t'émerveilles de ce qu'à chaque retour du printemps, la sève s'éveille à nouveau en chaque plante, en chaque arbre. D'ailleurs, toi aussi, tu sens dans ton jeune corps un afflux de forces nouvelles, et tu songes à celui qui bientôt te prendra dans ses bras, te fera découvrir l'amour, basculer dans un autre monde. Plus tard, tu auras deux enfants, et si ton mari en est d'accord, le garçon se prénommera Florian, la petite, Geneviève.

Des arbres qui s'offrent à ton regard, tu te demandes celui qui a ta préférence, celui en qui tu pourrais voir comme une image de ce que tu es. Il y a là des chênes, des hêtres, des bouleaux, des sapins, des frênes, des trembles… Tu connais fort bien ces différentes essences, et après examen, ton choix se fixe sur ce bouleau qui s'élève dans un espace dégagé, en contrebas du chemin. La robustesse, la remarquable blancheur de son tronc, et ses branches graciles, aux extrémités retombantes, avec au sommet ces quelques frêles feuilles qui frissonnent. Tu te reconnais dans le jet puissant de son tronc, et tout autant dans ce feuillage peu fourni, sensible au moindre souffle, et qui donne une telle impression de légèreté. Ainsi avoir de profondes racines, être forte, mais forte sans lourdeur, en demeurant capable de frémir, de répondre à tout appel, de faire bon accueil à ces détresses que la vie ne manquera pas de pousser à ta rencontre.

Tu ne l'as pas entendu arriver. Prise de

frayeur, tu te dresses. À l'évidence, ce n'est pas un paysan. Il poursuit son chemin, te saluant d'un mouvement de tête, non moins gêné que toi. Tu te rassieds. Il se retourne, croise ton regard, a un sourire embarrassé, puis vient te demander où mène ce chemin. Après un instant, il est assis près de toi mais a du mal à engager la conversation, et ses paroles sont entrecoupées de longs silences. Il est vrai que tu ne l'aides guère et te contentes d'écouter. Tu n'oses le regarder, mais tu as remarqué sa pâleur et tu notes que tu n'as jamais vu des mains d'homme aussi fines, aussi blanches.

À l'approche des cinq heures, surpris que le temps ait si vite passé, il t'a quittée précipitamment. Tu n'as pas eu la présence d'esprit de lui demander de le revoir et tu es furieuse contre toi. Tout en marchant, tu te répètes ce qu'il t'a appris. Il habite à Paris, est étudiant, a passé la semaine dernière les épreuves écrites d'un difficile concours. Il est venu en vacances chez sa tante, à H., où tout en se reposant, il préparera les épreuves orales.

Pendant les jours qui suivent, tu ne cesses de penser à lui. Ne peux te défaire d'une lourde tristesse. Cherches en vain à imaginer le moyen qui te permettrait de le retrouver. Mais l'émotion qui te saisit au rappel de cette rencontre, tu t'emploies à l'étouffer, consciente qu'un tel jeune homme se refusera à fréquenter une fille aussi quelconque que toi. Lui, un étudiant, qui plus est parisien, promis à un brillant avenir. Et toi, une paysanne ignare, tout juste bonne à soigner des cochons, ne connaissant rien en dehors de son village, et affublée d'un père que jamais tu n'oserais lui présenter. Ce serait folie d'imaginer que ne serait-ce qu'une amitié pourrait naître entre vous.

Le dimanche suivant, tu retournes au fond de la combe, là où un heureux destin t'a fait le rencontrer. Tu n'as pas un regard pour le bouleau dans lequel tu avais cru pouvoir te reconnaître et dont tu avais caressé le tronc. Tendue, anxieuse, tu scrutes avidement cette pénombre où tu brûles de le voir apparaître.

Enfin il est là, souriant, apparemment heureux de te revoir. Toi, tu es si bouleversée que tu ne peux articuler un mot et tu lui tends une main molle.

Il te raconte sa semaine, sa découverte de H., la vie qu'il mène chez sa tante, et toi, tu t'enhardis à lui poser quelques questions anodines, soucieuse de ne pas lui paraître indiscrète.

Quand vient le moment de vous quitter, c'est lui qui te propose de vous revoir.

Tu voulais garder secrète cette rencontre, mais comment la plus grande de tes sœurs aurait-elle pu ne pas voir que tu es transfor-

mée ? Tu chantes, ris, plaisantes, travailles avec
entrain, et elle a très vite deviné ce qui t'arrivait. Ainsi es-tu amoureuse, et elle n'a eu de
cesse d'obtenir que tu lui racontes tout par le
menu. Heureuse d'avoir reçu tes confidences,
elle est devenue ta complice et elle fait en sorte
que chaque dimanche après-midi, tu sois sûre
de pouvoir t'enfuir. Mais malheur à toi si le
père découvrait quelque chose.

Dès que tu t'engages sur le chemin, tu te
retiens de ne pas courir. Quant à lui, au lieu de
laisser son vélo à l'embranchement, il descend
à toute allure, et lorsque tu arrives, il est déjà là,
à t'attendre. Cette joie folle qui déferle en toi à
l'instant où tu vois son visage s'éclairer. Vous
vous installez sur le tronc, et sagement, vous
bavardez, ou plutôt, il parle et tu l'écoutes. Tu
es émerveillée par tout ce qu'il sait. Mais il n'en
dit jamais assez et tu le presses de questions. Tu
aimes l'entendre évoquer sa famille, ses lec-
tures, ses amis, ses études, ses professeurs, cette
merveilleuse ville qu'est Paris...

Les instants les plus beaux sont ceux où il
récite un poème. Mais justement, il ne récite
pas. Les mots lui viennent lentement, mais pas
trop, et tu as l'impression qu'il les cherche en
lui. Alors ces mots qu'il te donne, ils descendent
en toi et ils te raminent. Tu aimes sa voix, ses
yeux, ses lèvres, son cou, ses cheveux, ses mains,
mais jamais il ne te plaît autant que lorsqu'il a ce
regard pensif et qu'il fronce les sourcils.

Dès que tu le quittes, ta joie tombe. Si dure à vivre, si lente à s'écouler chaque heure de chaque jour de la semaine. Et cette angoisse jusqu'au moment de partir, le dimanche, à redouter que le père ne rende impossible ton échappée. Mais tu te prépares à ce mauvais coup et te promets, s'il devait advenir, de trouver le courage de braver le père et de passer outre. Ce que tu vis est trop important pour que tu acceptes de le laisser mettre en péril.

Cet amour qui n'a cessé de croître depuis votre première rencontre, il t'érode, te dénude, te ramène constamment à ce qu'il y a en toi de plus pauvre, de plus démuni. Souvent, la nuit, quand il te tient éveillée, sa violence t'effraie, et tu t'étonnes qu'ait pu prendre racine en toi un sentiment si extrême, si démesuré.

Pour aimer, il faut avoir beaucoup à offrir, et tu ne sais que trop que tu es dépourvue de toute véritable richesse. Une fille comme toi, simple, ignorante et sans avenir, elle n'a rien à faire valoir. Certes, quoi qu'il arrive, tu seras une femme donnée, mais cette noblesse, cette grandeur qui sont la marque de l'amour, combien tu en es loin.

Les questions que tu te poses, elles te concernent. Tu te demandes ce que tu vaux, et si tu seras en mesure de répondre à cette exigence qui déjà t'aiguillonne. Une exigence si haute qu'elle semble outrepasser les limites de l'humain. Aimer, oui, mais aimer sans contrôle, sans mesure, dans un don de soi éperdu.

Tu passes par des alternances de joie et d'abattement. L'inespéré qui a soudain fait irruption et déchiré le gris de ton existence. Et la pensée que tu lui es par trop inférieure, qu'il y a trop d'obstacles, qu'il te faudrait mettre fin à ces rencontres avant même qu'il t'assène un jour qu'il ne peut y avoir de suite, que tout doit s'achever là. Plus tu attendras, plus amère sera la déception. Tu n'as d'ailleurs que trop rêvé. Il ne t'a serrée contre lui qu'une seule fois et jamais ses lèvres ne se sont emparées des tiennes.

Ce dimanche-là, quand tu le rejoins, le tonnerre gronde et il règne une lumière de crépuscule, mais tu aimes cette pénombre qui rend le lieu plus secret, incite à baisser la voix, vous fait désirer être plus intimes. Tu as apporté le cahier sur lequel tu transcris de temps à autre ces paroles qui se murmurent en toi, mais tu ne sais encore si tu oseras le lui montrer. Tu le tiens caché dans un petit sac, et tu ne l'en tireras que si l'occasion s'y prête. La peur qu'il se moque de toi. Relève des fautes d'orthographe. Bute sur des phrases mal construites. Il ne te connaît guère, et tu voudrais qu'il lise quelques pages, découvre un peu qui tu es. À deux ou trois reprises, tu t'étais enhardie jusqu'à lui poser des questions. Celles-ci l'avaient surpris et laissé songeur. Tu désires maintenant qu'il t'aide à être moins tourmentée. Il a lu tant de livres, connaît tant de choses. Il possède forcément des réponses.

Le vent se déchaîne, mugit, hurle, des branches craquent et se brisent, et après un coup de tonnerre plus violent, les nuages crèvent et la pluie tombe avec fracas. Il est anxieux, voudrait rentrer, mais tu le rassures. Il est impossible de trouver un refuge, et de toute manière, vous êtes déjà trempés jusqu'aux os. Mieux vaut attendre que l'orage finisse.

Soudain, il quitte ses chaussures, ôte sa chemise, et allant et venant sur le chemin, des mèches de cheveux lui barrant le visage, il se met à chanter à tue-tête. Mais bientôt, il frissonne, est secoué de tremblements, et tu dois accepter qu'il s'en aille. Avant de disparaître, il se retourne, s'efforce de sourire, et les bras à l'horizontale, il tirebouchonne sa chemise en faisant mine de l'essorer. Toi, debout au milieu du chemin, tu le regardes partir, et tu es gênée de ce que ta robe, plaquée sur ta peau par la pluie, moule trop précisément tes formes.

Quand tu franchis le petit pont en arrivant

au village, tu jettes ton cahier dans la rivière qui a pris une couleur terreuse.

Ce jour-là, tu l'attends en vain jusqu'à la nuit. Toute la semaine, tu es rongée d'inquiétude. Le dimanche suivant, grelottante et désespérée, tu te morfonds sous la pluie et passes ces heures à envisager toutes sortes d'hypothèses. Tu l'as déçu. Il n'a pas eu le courage de t'avouer qu'il veut rompre. Il n'a pas encore eu le temps d'écrire, mais tu vas bientôt recevoir une lettre. Il l'a envoyée mais le père l'a interceptée. Sa tante est malade et il la soigne. Ses parents l'ont rappelé et il est parti sur-le-champ. Il a appris qu'il avait échoué. À cause de cet échec, il traverse une période de cafard et ne veut voir personne…

Tu attends. Tu attends.

À une ou deux reprises, il avait parlé de La Frênaie, la maison de sa tante. Tu demandes à l'une des femmes qui travaillent à H. si, par hasard, elle connaît cette villa. Ta stupeur quand elle répond qu'il ne s'agit pas d'une villa, mais d'un sanatorium.

Un jour, tu t'échappes, te rends à H., et plus morte que vive, te présentes au secrétariat de cet établissement. L'infirmière-chef te reçoit mais refuse de te dire quoi que ce soit. Tu

expliques, insistes, cites des propos montrant
que tu connais bien ce garçon. Émue par ce
qu'elle lit sur ton visage, elle consent à t'apprendre que ce jeune homme, effectivement,
était l'un de leurs pensionnaires. Oui, il avait
une tante et en chaque fin de semaine, il allait
passer deux jours chez elle. Il y a quelque temps,
il a fait preuve d'imprudence. Alors qu'un orage
menaçait, il est allé se promener en forêt. Il a
pris froid et a commis une autre imprudence.
Au retour, au lieu de rentrer au sanatorium, il
est resté chez sa tante. Une double pneumonie
s'est déclarée et sa tante n'a pas réagi assez vite.
Il y a cinq jours, la phtisie galopante l'a emporté.
Tout le personnel en est encore bouleversé.

Tu n'as rien manifesté. Tu as simplement
demandé à t'asseoir un instant.

Les dix kilomètres qui séparent H. de ton
village, tu les as parcourus en somnambule.
Lorsque tu as longé le tronc sur lequel vous res-
tiez des heures épaule contre épaule, de ton
bras replié, tu t'es caché le visage. Comme pour
te protéger d'un feu. D'une menace. Pour ne
pas voir le gouffre qui allait t'engloutir.

Le soir, quand vous vous retrouvez autour de
la table pour le repas, ta grande sœur comprend
tout. Elle ne sait pas la mort, mais elle comprend
que tout est fini.

Murée dans ton mutisme. Le père lui-même a senti que quelque chose de grave s'était passé, et il évite d'avoir à te parler. Le matin, lorsqu'il lui faut t'indiquer ce que tu auras à faire, il s'adresse à la mère ou aux filles. Rolande, la plus grande de tes sœurs est toujours à l'affût, et avec beaucoup de tact, de son regard attentif, elle t'enveloppe de sa paisible tendresse.

Les interminables pluies d'automne. Les nuages accrochés aux flancs des montagnes. Ou bien ces jours d'épais brouillard, et la lumière qui semble à jamais morte.

Le froid humide dans les chambres. Et l'hiver qui approche, la neige à déblayer, les mains crevassées par les engelures, l'ennui des mornes soirées, et aucun espoir, aucun espoir.

Au cours de la journée, de toute ta volonté tendue, tu te concentres sur ce à quoi s'occupent tes mains. Ne penser à rien. Arrêter ce qui sans fin tourne dans la tête. Simplement survivre. Encore une heure. Encore un jour.

La nuit, le sommeil se refuse. Ce profond silence de la maison. Le froid sur ton visage. Lèvres scellées, yeux ouverts, à attendre que vienne le sommeil. Des heures de calme épouvante.

Puis ce dimanche de ciel clair. Cette lumière pâle, veloutée, et tous ces ocres, ces bruns, ces rouges, ces orange et ces mauves épandus sur les arbres. Mais la mélancolique beauté de cette campagne ajoute à ta souffrance. Tu te rends là où vous vous retrouviez. Il ne verra pas l'incomparable splendeur de cet automne. Le bouleau est là, mais tu es trop loin de celle que tu étais pour jouer à retrouver en lui ton image. Des deux mains tu agrippes son tronc et te mets à hurler. Longuement. Des hurlements sauvages, inhumains, de plus en plus rauques. Qui vont s'exténuant, puis s'achèvent sur un râle qui s'étouffe dans ta gorge déchirée.

Chaque matin, alors qu'il fait grand nuit, tu dois affronter la pénible séance du lever : t'arracher à la tiédeur des draps, subir l'agression du froid, enfiler des vêtements glacés, rester assise sans pouvoir vaincre ton inertie, entamer une journée dont tu ne sais si tu atteindras le soir, et au long des heures, puiser dans ta volonté le courage de tenir alors que tu n'as plus aucune énergie, que tu aspires seulement à t'étendre, te reposer, à dormir sans jamais avoir à te réveiller.

Dans la famille, nul n'a reçu la moindre confidence, mais chacun à sa manière respecte ta douleur. Le père ne te parle plus, la mère est quasiment muette et ne communique avec toi que par des regards. Quant aux sœurs, elles ne plaisantent plus en ta présence, et lorsqu'elles s'adressent à toi, c'est avec retenue, gravité, sur un ton qui te convainc qu'elles compatissent, sont désolées de ne pouvoir te venir en aide.

Tu es sensible à ce que tous, ils aient compris d'instinct que tu es en danger, qu'ils ont à prendre certaines précautions, te témoigner ces égards qu'on a pour un grand malade. Ce qui te touche le plus, c'est que le père lui-même fasse des efforts, se montre moins désagréable, veille à te ménager, ne pas te heurter, ne plus t'imposer sa brutale autorité.

De ce jour qui a fracturé ta vie, tu aurais voulu ne rien laisser paraître sur ton visage, ne rien laisser voir de ce qui en permanence te rongeait. Mais tu n'y es point parvenue, et tu t'en fais le reproche.

Le chien lui-même ne se conduit plus avec toi comme auparavant. Tu continues à t'occuper de lui, à lui donner à manger, à le caresser, mais le matin, quand tu arrives dans la cuisine, il ne te fait plus fête. Avec lenteur, il vient te lécher les mains, puis, immobile, lève vers toi un regard suppliant. Tout indique pourtant qu'il n'est pas malade. Mais il semble que lui aussi, curieusement, soit atteint par cette souffrance qui t'accable.

Le supplice de ces soirées qui n'en finissent pas. Ce poids du silence où ne s'entend que le tic-tac de l'horloge scandant les secondes d'un temps qui ne s'écoule plus. Chacun clos en soi-même. Le père, resté à table, tête basse, ses deux mains entourant son verre, le regard invisible dans l'ombre de sa casquette. Et vous, les cinq femmes, rituellement assises en arc de cercle autour de la cheminée. De temps à autre, l'une de vous qui se lève pour poser une bûche sur les braises. Le lourd silence qui se réinstalle. Chacun clos en soi-même, enfoncé dans sa nuit, tra-vaillé par des désirs et des frustrations sur lesquels il ne saurait mettre un nom et qu'il lui faut ignorer.

Ce soir-là, tu es plus douloureuse, plus per-due que les autres soirs. Pour la troisième fois, le chien qui paraissait dormir à l'angle de la cheminée vient vers toi. Il gémit faiblement puis lève la patte et la meut avec lenteur, comme s'il voulait mais ne pouvait pas la poser sur ta cuisse. Quand tu vois ses paupières tom-bantes, ce regard embué de tristesse et quasi humain, tu ne peux t'empêcher d'être boule-versée, et tu te précipites dans la grange pour ne pas éclater en sanglots.

Deux lentes, deux interminables années. Une longue suite de jours uniformes où chaque matin tu redoutais la journée qui commençait, où chaque soir tu appréhendais la nuit qui te verrait si souvent les yeux ouverts dans le noir, livrée à une souffrance que tu ne parviens toujours pas à surmonter.

Toutefois, deux événements heureux ont éclairé pour quelques heures cette grisaille dont tu n'espères plus qu'elle puisse un jour prendre fin. Le mariage de Rolande et celui d'une jeune fille que toutes quatre considérez comme une amie. Les deux fois, tu as eu pour cavalier Antoine, un garçon d'un village proche, connu de toute la Combe du Val car il est seul à posséder une moto.

En ce dimanche du début de printemps, tu te chauffes au soleil, assise sur une pierre. La neige est en train de fondre, et de partout l'eau ruisselle et gargouille. Par un chéneau crevé, elle tombe du toit de la grange, et répandue dans la cour, renvoie une lumière aveuglante. Après cette blancheur qui a régné pendant des mois, tout ce qui se découvre paraît sombre et triste. Mais tu offres ton visage à ces premiers rayons et tu ressens un picotement de joie à te dire que l'hiver s'achève, que le printemps est enfin là.

Alors qu'il passait sur sa moto, Antoine t'aperçoit. Un instant plus tard, il te rejoint et propose de te tenir compagnie. Tu as plaisir à le revoir, mais il a du mal à surmonter sa timidité, et c'est à toi d'alimenter la conversation.

À quatre ou cinq reprises, ces temps, il est

venu à la ferme. Chaque fois, le père l'a fraîchement reçu, mais il ne s'est pas laissé rebuter. Tu n'as plus aucun doute maintenant sur les raisons qui l'ont poussé à te rendre visite.

Le soleil se cache et tu veux rentrer. Antoine se renfrogne et tu le sens malheureux de n'avoir pu aborder ce que sans doute il brûlait de te demander. En lui tendant la main, tu cèdes à un mouvement de compassion, et toute surprise, tu t'entends lui dire :

– On peut très bien répondre par oui à une question qui n'a pas été posée.

Tu soutiens son regard qui t'interroge. Il hésite, semble ne pas savoir s'il a bien saisi le sens des mots que tu as prononcés. Tes hochements de tête le convainquent qu'il t'a bien comprise. Alors il grimace un sourire, et avant de s'éloigner, te serre le bras de ses mains noires de cambouis.

Le village où tu habites depuis ton mariage est situé sur le plateau. Il ne comprend qu'une trentaine de fermes disposées le long de la route et du chemin qui la coupe à angle droit. Celle qu'occupe la famille d'Antoine s'élève au pied de la butte rocheuse qui domine le village. Hormis une boulangerie, celui-ci ne compte aucun magasin. Une fois par semaine, il est ravitaillé par un épicier qui vient de H. avec une camionnette.

Antoine et toi logez dans une ferme qui appartenait à l'une de ses tantes, morte il y a quelques mois. Cette ferme est semblable à toutes les autres.

En avant, près de la route, une vaste et haute grange, avec un portail qui l'été s'ouvre pour laisser entrer les chars de foin. Prise dans ce portail, une porte constituée de deux panneaux indépendants l'un de l'autre. Lorsqu'il est ouvert, le panneau supérieur laisse pénétrer un peu de lumière dans la grange, et surtout, permet d'observer ce qui se passe sur la route et aux alentours.

À l'arrière de la grange, la maison d'habitation, soit une cuisine flanquée d'un atelier de menuiserie et d'une pièce exiguë servant de débarras. Au-dessus, trois petites chambres.

La cuisine est la pièce où l'on vit, la seule qui peut être chauffée. Une étroite fenêtre donne sur le jardin, mais la porte qui permet d'y accéder est en bois plein, de sorte que cette cuisine est toujours sombre.

Lorsque Antoine t'a conduite ici la première fois, ces pièces t'ont paru lugubres. Aussi, avant que vous ne veniez les occuper, t'es-tu employée à les rendre moins inhospitalières. Tu as jeté beaucoup de choses, et pendant des jours, tu n'as cessé de décrasser, récurer, laver. Vous aviez peu d'argent et vous n'avez pu vous procurer ce qui aurait permis de faire que ces pièces deviennent véritablement accueillantes.

À plusieurs reprises, tu as été sur le point de révéler à Antoine l'épreuve que tu as traversée, mais tu as préféré garder le silence. Tu ne savais trop comment il aurait accueilli cette révélation, et surtout, tu redoutais qu'elle n'installe à jamais une ombre entre vous. Ce secret, tu devais le porter seule, et peut-être serait-il à la longue plus facile de le rendre moins douloureux, de le laisser dormir au profond de la mémoire, ignoré de celui qui aurait pu en concevoir de la jalousie.

Tu sais que tu n'éprouveras plus jamais un amour tel que celui que tu as connu et tu ne pourrais mettre un nom sur le sentiment qui te lie désormais à cet homme devenu ton mari. Mais tu entends être loyale et tu es résolue à te détourner de ce qui a marqué ces trop noires années. Antoine va t'aider à renaître, et en retour, tu seras une épouse irréprochable. Certes, tu retomberas parfois dans la souffrance, mais elle n'aura pas le pouvoir de te couper de lui. Lorsqu'elle te dévaste, tu cèdes, t'abandonnes, t'effaces et tu n'es jamais capable d'autant d'amour qu'à ces instants-là.

Antoine travaille dans une scierie, à une quarantaine de kilomètres, et toute la journée, tu es seule. Tu apprécies et redoutes ces heures de solitude. Quand tu ne peux la supporter, tu vas passer l'après-midi dans ta famille. Les deux villages sont proches, et lorsque tu prends les raccourcis, à travers bois, la distance que tu dois parcourir se trouve réduite de moitié.

À la faveur de ce changement de vie qui pour toi a été rude, tu as découvert combien tu aimes ta mère et tes jeunes sœurs, combien tu aimes les retrouver, leur parler, travailler avec elles. Quand tu franchis le seuil de la cuisine, que tu redécouvres son atmosphère, ses odeurs, que tes sœurs se précipitent vers toi, que le chien court en tous sens, aboyant et gémissant, tu es assaillie par une foule de souvenirs et un flot de tendresse t'inonde pour cette ferme et ceux qui y vivent.

Martine, seize ans, la plus jeune sœur d'Antoine, te rend fréquemment visite. Elle sait que tu t'ennuies de ta famille et elle passe de longs moments en ta compagnie. Elle te parle d'elle, de ses parents, du village, de ses habitants, t'informe de tout un tas de choses qui t'aideront à te faire accepter.

Au cimetière, tu as été frappée par une tombe sur la dalle de laquelle on peut lire :

ICI REPOSE

L'ÉTRANGÈRE

Enterrée il y a une vingtaine d'années, cette femme avait été employée pendant trente ans dans la seule grosse ferme du village. Bien qu'originaire de H., toute proche, elle avait été surnommée à son arrivée *l'étrangère*, et ainsi avait-elle été considérée jusqu'à la fin de ses jours par tous les gens d'ici.

Apprenant cela, tu t'es sentie blessée, as pensé à la souffrance de cette femme, t'es demandé pourquoi celui ou celle qui vient d'ailleurs suscite toujours crainte et méfiance, et non sans amertume tu as dû convenir que c'était toi, désormais, l'étrangère.

De génération en génération, le souvenir s'est transmis de ce régiment d'Autrichiens qui a séjourné là pendant les guerres napoléoniennes, et tu es surprise que les vieux en parlent comme s'il s'agissait d'un événement récent. Ils sortent de leurs poches des pièces de monnaie datant de cette époque, donnent des descriptions détaillées de la tenue que portaient ces soldats, indiquent avec précision les emplacements qu'occupaient les différentes compagnies, continuent de déplorer que de telles quantités de foin aient été réquisitionnées, ce qui avait contraint leurs pauvres ancêtres, lesquels vivaient misérablement, à abattre de nombreuses vaches...

Et un jour Martine te parle du *bagnard*. Elle ne sait plus si c'est son père ou son grand-père qui avait été accusé d'avoir mis le feu à une ferme et à trois meules de paille un dimanche de Pentecôte. On n'avait pu prouver sa culpabilité, mais bien qu'il niât être l'auteur de cet incendie, il avait été envoyé au bagne. Depuis, pour tous, son descendant était le *bagnard*, et inévitablement, il avait été mis au ban du village. Âgé d'une soixantaine d'années, il ne s'était jamais marié et vivait dans une solitude farouche.

Le jour même, tu vas frapper à sa porte. Tu le trouves à l'écurie, occupé à traire. Quand il te voit, il s'arrête, te dévisage longuement, puis enfonçant son front dans le flanc de la vache, recommence à presser les trayons. Le bruit velouté des giclées de lait crevant l'épaisse couche d'écume fait remonter en toi bien des souvenirs et ajoute à ton émotion. Tu t'assois sur une botte de paille, et coudes sur les genoux, tête baissée, tu attends. Tu es trop bouleversée pour formuler ce que tu es venue lui dire. En réalité, ton seul désir serait de te jeter à genoux, de lui demander pardon, de prononcer les mots qui pourraient mettre fin à sa solitude, effacer sa souffrance, le réconcilier avec les hommes. Mais tu sais bien que c'est là chose impossible. Pour finir, comme il se lève, tu expliques que tu es la femme d'Antoine, que vous venez de vous marier, que lorsque tu as quitté ta maison, tu as demandé à ton père une seule faveur : pouvoir partir avec le chien. Mais il a refusé. Alors aujourd'hui, au risque de le déranger, en admettant même qu'il en ait un et qu'il accepte de s'en séparer, tu voudrais lui demander, mais de toute manière ce pourrait être dans quelques semaines, voire plusieurs mois, lui demander s'il n'aurait pas un chien dont il souhaiterait se défaire et qu'il consentirait à te donner.

Tu as souffert dans ta famille de ne pas pouvoir t'isoler aussi souvent que tu l'aurais voulu. Tu savoures donc ces débuts d'après-midi où tu n'as rien à faire, où tu sais que tu as devant toi des heures de silence et de solitude. Accoudée sur la table, face à la fenêtre, tu restes un long moment à laisser ton regard errer sur le jardin, la petite église, les prés qui s'élèvent en pente douce, les bois et les sapins couvrant le faîte de la montagne. Puis progressivement et sans que tu t'en rendes compte, tu ne vois plus rien de tout cela et tu glisses à l'intérieur de toi-même. Lovée au creux de ta chaleur intime, l'esprit inoccupé mais actif, tu as l'impression que les questions qui continuent à te hanter vont trouver réponse, que tu vas être délivrée de ce qui toujours t'oppresse, que tu es sur le point d'accéder à un état où tu ne connaîtras plus la souffrance. Qu'à la fin tu doives déchanter n'empêche pas que tu sois très vite reprise par cette illusion, et que la fois suivante, tu demeures à nouveau de longues heures en attente, avec l'espoir que ce jour-là, la vie te semblera enfin moins lourde, moins opaque.

Mais le plus souvent, lorsque tu t'absentes de la réalité et descends en toi-même, tu ne rencontres que peur et angoisse. L'existence que tu mènes ne répond en rien à tes aspirations et tu te surprends à rêver de départ, de fuite, de recommencement. Quand tu en prends conscience, tu as le sentiment de trahir Antoine et tu cèdes à la honte. Tu cherches des raisons qui te convaincraient que tu finiras un jour par être heureuse, mais tu ne les trouves point. Toujours en toi cette nostalgie de tu ne sais quoi, ce besoin incoercible d'une vie dégagée de toute entrave, une vie libre et riche, vaste, intense, une vie où ne régneraient que bonté, compréhension et lumière.

Ce que balbutie ta voix intérieure et qui, dans ce profond silence, prend un tel relief et une telle autorité, tu le consignes dans un cahier, et ainsi passes-tu des heures à aligner des phrases, réfléchir sur un mot, sonder ces énigmes que sont la vie et la mort. En fin d'après-midi, quand tu as écrit une ou deux pages, tu te sens pacifiée, et ce qui initialement te paraissait placé sous le signe du négatif se présente sous un tout autre aspect.

Lorsque tu entends les pas d'Antoine dans la grange, tu t'empresses de faire disparaître ton cahier. Il entre et tu le reçois avec gentillesse, mais quelques minutes de transition te sont nécessaires pour quitter ton monde et reprendre pied dans la réalité.

À plusieurs reprises tu as voulu lui faire part de tes pensées, tes préoccupations, tenté de l'amener à réfléchir à ces questions auxquelles tu te trouves affrontée, mais tu as très vite perçu que rien de tout cela ne rencontrait en lui le moindre écho. Et il était d'autant moins susceptible de s'intéresser à ce que tu lui disais que lorsqu'il arrive, en fin de journée, le désir qu'il a de toi le rend absent, l'empêche parfois d'entendre les mots que tu prononces.

Le repas vite avalé. Le lit. L'assaut brutal. Son halètement, et pour toi, un surcroît de solitude.

Les parents d'Antoine ont mal pris que tu te sois rendue chez *le bagnard*. Ils t'expliquent que si on l'a mis à l'écart, c'est qu'il y avait de bonnes raisons. Tu aurais dû t'abstenir de lui rendre visite. Tout le village parle de toi. Il importe que tu fasses comme tout le monde et ignores l'existence de cet homme.

Tu répliques calmement que son père a largement payé une faute qu'il n'a d'ailleurs peut-être pas commise et que rien ne justifie que son fils soit pareillement rejeté. Ont-ils imaginé une seule seconde ce qu'endure ce pauvre homme ?

Après les avoir quittés, tu t'arrêtes chez lui. Mais ta visite paraît le bouleverser et il te demande de ne pas revenir. Il te semble parvenu au-delà de la souffrance et ne plus rien attendre de ses semblables. Tu comprends qu'il est préférable de ne pas aller contre son refus, et après avoir porté sur lui un long regard navré, tu le quittes.

Tu as besoin d'activité physique, et quand tu ne te rends pas chez tes parents, ou quand tu n'es pas à écrire dans ton cahier, tu vas proposer tes services à des voisins. Tu aimes te dépenser et pouvoir te dire, en fin de journée, que tu as mené à bien la tâche qu'on t'avait confiée. En outre, tu as besoin de nouer des contacts, ébaucher des amitiés.

Mais déjà c'est l'hiver, la neige, le froid. À cause de l'état des routes, Antoine ne rentre qu'en fin de semaine et tu passes de longues journées seule. Tu lis la Bible avec passion, écris, demeures de grands moments à errer en toi-même. La douleur d'être. Souvent, tu voudrais calmer ce combat qui se livre en toi, mettre ta pensée en sommeil, ne plus être aux prises avec ce tourment qui t'exténue.

Tes joues creuses. Tes yeux enfoncés dans les orbites et où luit ce qui te consume.

Tu as été heureuse de devenir mère, et tes deux premiers enfants — des garçons — t'ont procuré de nombreuses joies. Tu t'es occupée d'eux comme toute mère doit le faire, avec une totale abnégation, sans jamais ménager ta peine, comblée de les voir grandir et se développer. Ils ont apporté une nouvelle dimension à ta vie et tu penses qu'ils vont t'aider à oublier le passé, t'aider à t'enraciner dans le présent, à créer un foyer où ils pourront s'épanouir.

Mais pour l'heure, tu mènes une existence morose. À la scierie, Antoine est maintenant chauffeur de camion. Du lundi matin au samedi soir, il sillonne les routes pour livrer des planches ou cahote sur de mauvais chemins pour sortir les grumes des forêts. Il ne passe que le dimanche avec toi, et cette journée est chaque fois une déception. Tu ne peux rien échanger avec lui et tu te refuses à t'y résoudre. Durant la semaine, tu es seule, mais les deux enfants te donnent tant de travail que tu n'as plus le temps de te consacrer à ta vie intérieure, et tu en souffres. Ce qui fermente en toi et qui frappe à la porte de ta conscience, tu dois le refouler, et cette vie perdue, tu la ressens comme une grave et douloureuse mutilation.

Souvent, tu voudrais quitter ta cuisine, t'échapper un moment, aller marcher dans la campagne, mais tu te l'interdis. Dans un village où chacun travaille dur, il est mal vu qu'on ne fasse rien et qu'on aille se promener. Aussi préfères-tu ne pas céder à ton désir plutôt que de susciter des commérages.

T'enfuir… marcher sans fin sur les routes… aller là où tout pourrait recommencer… là où tu ne connaîtrais plus ni la peur ni l'angoisse ni la honte… là où les humains vivraient dans la concorde, n'auraient pour leurs semblables que respect, attention, bonté… là où peut-être le temps ni la mort n'existeraient plus… là où la vie ne serait que joie, bonheur, félicité… Mais ces rêves et ces divagations sont de courte durée, car la réalité est là, que tu ne saurais oublier. Alors une lourde mélancolie s'empare de toi. Ce que tu ressens et penses est comme amorti, la vie ne te traverse plus, semble s'écouler ailleurs, et il n'est rien qui puisse te tirer de ta désespérance.

Ton second enfant n'a pas six mois que tu es à nouveau enceinte. La perspective de cette troisième naissance t'accable. Ton organisme n'a pas eu le temps de reconstituer ses forces, et tu es maintenant aux prises avec une constante fatigue. Tout effort te coûte et les enfants te pèsent. Parfois, en fin d'après-midi, Martine vient s'occuper d'eux et tu peux fuir. Accompagnée du chien que t'a donné *le bagnard* et indifférente à ce qu'on peut dire de toi, tu prends le chemin du cimetière et fais plusieurs fois le tour du marais.

Tout en marchant, tu parles à ton chien. Tu as besoin d'entendre le son d'une voix humaine, de te libérer de tes questions, de laisser venir à tes lèvres ce qui gémit en toi et aspire à se dire. Mais au bout du compte, ces instants que tu passes à arpenter les chemins en parlant les mots qui montent de ta nuit, ne te soulagent guère, et de jour en jour grandit en toi une âpre révolte à l'idée qu'on peut mourir sans rien avoir vécu de ce qu'on désire si ardemment vivre.

Lorsque tu dois admettre que tu attends à nouveau un enfant alors que ta petite fille n'a que trois mois, tu restes des jours à broyer du noir. Tu penses à te faire avorter, mais tu ne connais pas de faiseuse d'anges. De surcroît, cette idée d'attenter à la vie heurte en toi trop de choses pour que tu ne la rejettes pas avec vigueur.

Un jour, un incident te donne à espérer que tout se résoudra sans que tu aies à intervenir. Tu es à la fontaine avec tes deux seaux alors qu'un troupeau s'approche. Soudain, sans que rien l'ait laissé pressentir, le taureau te fonce dessus et cherche à t'encorner. Tu ne dois d'avoir la vie sauve qu'à ton chien qui le mord au museau et le fait fuir. Mais tu as roulé à terre et connu une terrible peur. Après coup, tu aurais voulu que cette frayeur ait eu pour effet de te délivrer de ce germe de vie que tu portes en toi mais que tout ton être refuse.

Tu redoutes cet accouchement dont tu prévois que comme les autres, il sera suivi par des jours de dépression et de profonds bouleversements.

Souffrances du corps qui se vide et doit retrouver un autre équilibre. Irruption d'un petit être dont tu es désormais totalement responsable. Obsédantes questions sur la vie et sur la mort, resurgissement de l'enfance, de blessures secrètes, de drames oubliés... Modification des rapports à la mère, au père, au mari...

Fardeau de cette nouvelle charge alors que les trois autres enfants sont encore en bas âge... Fatigue... Épuisement... Épuisement qui te persuade que tu as tort de donner la vie, puisque toute existence est peur, solitude, souffrance, attente vaine, et pour finir enfouissement dans la fosse...

Trois semaines après la naissance de ce garçon, la neige tombe en abondance et l'hiver s'installe qui durera six mois. À nouveau le brouillard, le froid, les embarras causés par la neige, la cuisine impossible à chauffer, la glace sur les vitres du matin au soir, le silence, la solitude, et ces quatre enfants qui sont toujours à demander ce que tu ne peux plus donner. Tu sais le besoin qu'ils ont de toi et tu voudrais te montrer plus attentive, mieux t'occuper d'eux, les cajoler davantage, mais tu n'en as pas la force. Tu te caches pour pleurer.

Un combat se livre en toi où agonise le peu d'énergie qu'il te reste. Ta force de vie faiblissante subit les assauts d'une force contraire qui te tire vers le bas, t'invite à tout lâcher, à disparaître. Poussée en un point limite, où tu vacilles.

Continuer à mener cette existence où tout n'est que contrainte, effort, affliction. Ou bien céder à l'appel du repos, du sommeil.

La veille de la Toussaint, alors que ton dernier-né vient d'avoir un mois, tu invoques un quelconque prétexte pour demander à ta voisine de garder tes quatre enfants chez elle pendant une heure.

Tu reviens dans ta cuisine et place des bûches sur celles qui brûlent dans la cheminée. Déterminée à ce que rien ne reste de ce à quoi tu tiens, tu jettes au feu ta bible et tes cahiers. Puis tu t'assois, et bien calée entre le mur et la table, dans un grand calme, tu effectues rapidement ce qui doit être fait.

Il s'en est fallu de quelques secondes. Martine a surgi, et alors que tu étais déjà inconsciente, a pu arrêter l'hémorragie, puis avec la ceinture de son tablier, te poser un garrot. Après quoi elle a couru chercher du secours. Par la suite, elle a expliqué qu'elle avait éprouvé un sentiment étrange, senti que tu étais en danger. Elle avait abandonné ce qu'elle était en train de faire, et sur-le-champ s'était précipitée chez toi.

Le lendemain de la Toussaint, tu entres à l'hôpital de B. Celui où sont admis les déprimés et les malades mentaux du département.

Avant que tu ne rencontres un médecin, on te retire ton alliance, tes vêtements, on te tond, et on te remet des sabots ainsi qu'une robe de drap brun informe au dos de laquelle sont imprimées à l'encre noire les deux grandes lettres H.P.

On te pousse dans une salle sombre et nauséabonde où vont et viennent une vingtaine de malades. Tu te retournes pour t'enfuir mais la porte claque. L'horreur. Comme jetée au fond d'une fosse. Une fosse où croupissent des démolis, des effondrés, les crucifiés de l'interminable souffrance.

Quand tu pénètres dans le bureau du médecin, il est assis et regarde par la fenêtre. Tu lis dans ses yeux qu'il s'ennuie et tu imagines très vite ce qu'il doit penser de toi. C'est un homme grand, massif, joufflu, ventru, et tu te dis, *c'est un repu, il ne peut rien comprendre.* Tu es encore sous le choc d'avoir été tondue, dépossédée de ton alliance, tes vêtements, placée parmi des malades lourdement atteints, qui t'effraient, et à ton désespoir se mêle une profonde révolte. Tu détestes cet homme, es convaincue qu'il ne servirait à rien de lui parler, et quand il t'interroge, qu'il t'invite à lui raconter ton histoire, tu plantes tes yeux dans les siens, et avec fermeté, déclares que tu n'as rien à dire, t'enfermes dans un mutisme dont il est impuissant à te tirer.

À cette époque, les hôpitaux psychiatriques sont moins des hôpitaux que des prisons. Les médecins sont ignorants des rouages de la psyché et n'ont pas à leur disposition des médicaments qui leur permettraient de sensiblement améliorer l'état des malades. En l'absence de tout traitement, ceux-ci sont purement et simplement séquestrés, et leur séjour dans ces établissements ne fait qu'aggraver leur état. Aussi est-il admis que ceux et celles qui y entrent ont peu de chances d'en sortir.

Grilles. Barreaux. Lourdes portes verrouillées. Les gémissements. Les cris. Les hurlements des camisolés. Certains n'ont même pas un lit et croupissent sur de la paille.

Le grondement sourd des sabots engendré par les va-et-vient de certaines agitées qui ne cessent de marcher, allant sans fin d'un mur à l'autre.

Tassée sur ton lit, tes bras enserrant tes jambes, le menton appuyé sur un genou, tu t'es murée en toi-même et tu pleures. Tu te hais de t'être laissé acculer à cette situation sans issue.

La première fois qu'Antoine te rend visite, il hésite à te reconnaître, et l'effroi que tu lis dans ses yeux accroît ta détresse, ton désarroi. Ces mots lus naguère dans la bible déferlent soudain dans ta tête

> *Faisant dévier mes chemins*
> *il m'a déchiré*
> *et il a fait de moi une horreur...*

Tu n'as rien à reprocher à Antoine, et alors que ces mots ancrent en toi ce qu'ils disent, ce n'est pas à lui que tu songes, mais à ce mauvais destin qui sans que tu t'en sois rendu compte, t'a poussée sur ce chemin dont tu pressens qu'il ne peut conduire qu'à la mort. Déchirée, oui. À jamais fissurée. À jamais exclue de la vie. À jamais embourbée dans une souffrance qui a pourri jusqu'à la pulpe de ton âme.

Tu demandes des nouvelles des enfants auxquels tu ne cesses de penser. Différentes familles du village les ont recueillis. Mais ils n'y resteront que le temps de trouver où les placer. Sans argent, il ne peut être question toutefois de les faire admettre dans des internats. Que surtout elle ne s'inquiète pas. Tout va s'arranger.

Autre urgence. Il faut qu'il intervienne pour que tu sortes. Chaque jour que tu passes dans cet hôpital ne fait que t'enfoncer davantage. Il doit savoir que tu as toutes tes facultés. Tu étais simplement épuisée, déprimée. Il suffirait que tu te reposes, que tu puisses te ressaisir, et tes forces restaurées, tu pourrais à nouveau reprendre ta place, t'occuper de lui et des enfants.

Tu expliques, insistes. Il importe qu'il comprenne. Un être équilibré, en pleine santé, s'il devait vivre parmi ces malades, endurer pareilles conditions, il perdrait pied, ne pourrait éviter d'être très vite démoli. Alors toi qui es momentanément diminuée, où trouverais-tu la force de résister, de n'être pas détruite ? Si tu ne quittes pas cet hôpital au plus vite, il est à craindre que tu ne puisses jamais remonter la pente et que tu en viennes à perdre la raison.

Les surveillantes et surveillants sont des êtres frustes, ignorants, brutaux, qui vous traitent sans ménagement. Lors des repas, pour simplifier le service, il arrive qu'ils mêlent dans votre gamelle par exemple de la viande en sauce et de la confiture. De toute manière, la nourriture qui vous est servie est infecte. Tu as d'ailleurs perdu l'appétit, et au terme du premier mois, maigri de plusieurs kilos.

Rolande et son mari viennent te voir, mais ils repartent effrayés et ne reviendront plus. Ils habitent loin, n'ont pas de voiture, sont pris par leur travail, et ils mettent ces raisons en avant pour se prouver à eux-mêmes qu'il ne leur est absolument pas possible de renouveler leur visite. Cependant, tous les quinze jours, Rolande t'écrit une petite lettre. Bien qu'elle répète chaque fois la même chose avec les mêmes mots, ses lettres te sont précieuses et tu les portes constamment sur toi. Toutefois, tu n'as pas pu ne pas remarquer qu'elles sont chaque fois postées dans un autre village que celui où elle réside.

Tout ce qui touche à la maladie mentale fait

peur, et les familles qui connaissent le malheur d'avoir un parent interné cherchent à le faire oublier. Car un malade de ce genre fait tache sur la famille. On étend donc sur lui un voile de silence, et au fil des ans, on en vient à l'oublier. Pour finir, tout se passe comme s'il n'avait jamais existé. Abandonné à son sort, coupé du monde extérieur, il n'a plus rien à quoi se raccrocher, et lentement, inéluctablement, il se délabre, sombre, devient ce que dans le vocabulaire du lieu on nomme *un chronique.*

Quand il prend connaissance du cahier dans lequel tu as consigné un peu de ta souffrance, le médecin est frappé par la qualité de ce que tu as écrit. Il te fait appeler, vous parlez, et il conclut que tu n'as pas ta place dans cet hôpital. Pour que tu sortes, il ne pose qu'une condition. De retour dans ta famille, il ne faut pas que tu connaisses à nouveau la solitude qui a été une des causes de ta dépression. Si donc il reçoit l'assurance qu'une personne te tiendra compagnie, il signera ton bon de sortie.

Tu alertes Antoine, et quand il vient te voir, tu le presses de se mettre en quête de quelqu'un qui t'aidera à t'occuper des enfants et t'évitera d'être toujours seule.

La lecture de ton cahier par le médecin a eu

un autre effet. Dans cet immense bâtiment, vous les malades êtes réparties en trois services. Le service des *agitées*, celui des *dangereuses*, et celui des *chroniques* dans lequel tu as été placée à ton arrivée ici.

En fonction de ce que tes notes lui ont appris, le médecin t'a donné la permission de faire partie de la petite équipe qui se rend parfois utile aux surveillantes.

Cette décision change en partie ta vie et t'aide à te redresser, à reprendre courage. En outre, tu sais très vite te faire apprécier des surveillantes, et en conséquence, les rapports que tu avais avec elles s'améliorent.

Mais les semaines passent, et Antoine qui n'est pas des plus dynamiques, n'a toujours pas trouvé la personne qui pourrait chaque jour passer quelques heures auprès de toi et permettrait que tu quittes ce sinistre hôpital.

De jour en jour, ton impatience grandit, s'exacerbe, et tu supportes de plus en plus mal l'existence à laquelle tu es assujettie. Quand vas-tu retrouver ta maison, tes enfants, ton chien et ces chemins sur lesquels tu peux à loisir dialoguer avec toi-même ? Tu vis avec cette obsession, tendue vers cet instant où tu seras à nouveau libre.

Ce matin-là, tu es autorisée à te rendre dans une petite cour pour y jeter des détritus. Deux hommes du pavillon voisin sont occupés à peindre des barreaux. En passant derrière eux, tu te saisis d'un pot de peinture et te précipites à l'intérieur du bâtiment. Tu roules en boule un morceau de papier resté au fond du panier, tu le plonges dans le pot, et cédant à une furieuse impulsion, tu écris avec rage sur un mur, sur la porte des surveillantes, du médecin, en grandes lettres noires dégoulinantes, ces mots qui depuis des jours te déchirent la tête

je crève

parlez-moi

parlez-moi

si vous trouviez
les mots dont j'ai besoin
vous me délivreriez
de ce qui m'étouffe

Tes mains. Ta robe. Tu ne peux nier. Ils te donnent des chiffons, du savon, de l'eau, et t'enjoignent de faire disparaître ce qu'ils nomment des barbouillages. Au lieu de les effacer, tu t'appliques à délayer la peinture et à l'étendre le plus possible.

La sanction est immédiate : dix jours de cellule. Dix jours sans revoir le jour. Une paillasse.

Ta nourriture non pas servie dans une gamelle, mais jetée à même le sol.

Quand tu es de retour parmi les *chroniques*, tu es brisée.

Sur ces entrefaites, la guerre a éclaté. Antoine espace ses visites et l'idée de te faire sortir est abandonnée.

Une guerre éclair et la France ne tarde pas à sentir peser sur elle la botte de l'occupant. Très vite celui-ci met en place la politique qui va viser à éliminer ceux qui, selon lui, appartiennent à une sous-humanité.

Dans cet hôpital où tu te trouves, la mortalité augmente.

Chaque matin, en ouvrant les portes les surveillantes ont un mouvement de recul. Les salles sentent le cadavre. Un de ces matins-là, un jour de juillet — tu viens d'avoir trente-huit ans — on constate ton décès. Tu es morte de faim.

2

Tu es le dernier des quatre enfants.

Quand le drame est survenu et que ta mère à été hospitalisée, des voisins t'ont recueilli et gardé quelques semaines. Puis au début de l'année, ton père t'a confié à M. et Mme R., des paysans qui vivaient dans un village de la plaine. En plus de la nombreuse famille qu'elle élevait, Mme R. avait déjà en nourrice deux petites filles dont la mère avait perdu une jambe lors d'un accident. Écrasée de travail, Mme R. avait d'abord refusé de te prendre. Mais lorsque par la suite elle avait appris que tu allais être placé chez une vieille femme qui se saoulait et vivait dans un taudis, elle avait accepté de dépanner ton père, afin de lui laisser le temps de chercher une nourrice acceptable. Lorsque enfin il en eut trouvé une et qu'il vint te chercher, Mme R. et ses cinq filles ne voulurent pas te laisser partir. Elles s'étaient attachées à ce nourrisson et dirent à ton père qu'elles s'occuperaient de toi comme si tu étais un fils de la famille.

Pourtant, le bébé que tu étais aurait dû les excéder et les pousser à refuser de te garder. Car jour et nuit, les épuisant l'une après l'autre, tu ne cessais de pleurer. (Tu pleuras tant qu'un muscle de l'aine se déchira et qu'il fallut t'opérer d'une hernie.) Elles étaient aux petits soins pour toi, elles te nourrissaient comme il convient, te parlaient, te berçaient, te dorlotaient, mais rien ne pouvait apaiser tes pleurs.

Ton père ayant oublié de leur indiquer ton prénom, elles choisirent de t'appeler Jean, à l'instar du fils du boucher, un garçon plaisant, sympathique, que tout le village appréciait. T'attribuer son prénom, c'était marquer l'espoir que tu aurais chance de lui ressembler, de recevoir en partage certaines de ses qualités.

Ainsi étais-tu devenu Jean ou bien Jeannot. À l'école, quand l'institutrice t'appelait par ton vrai prénom, tu réagissais avec retard, ne comprenant pas qu'on s'adressait à toi. T'habituer à ce nouveau prénom ne te fut pas facile, car ceux qui étaient maintenant ta mère, ton père, tes sœurs, ton frère, continuaient de te donner du Jean et du Jeannot. Devenu plus grand, un jour où tu étais agacé d'avoir à répondre tantôt à un prénom, tantôt à l'autre, tu en vins à conclure que lorsqu'un enfant entrait à l'école, il était sans doute nécessaire qu'il reçoive un nouveau prénom. Si tu t'étais ouvert de ce problème à tes copains ou à des adultes, ils t'auraient certes détrompé. Mais tu n'en fis rien, et cette bizarre idée s'ancra dans ta tête.

Quand tu sors de l'école, tu n'es pas de ceux qui restent à jouer sur la place ou à traîner par les rues. Dès que vous êtes libérés, tu rentres en courant à la ferme. Une peur dévorante t'habite. La peur qu'un jour, à ton retour de l'école, tu trouves la maison vide et que ta mère soit partie, t'ait abandonné. Lorsqu'en arrivant hors d'haleine tu la vois, tu es soulagé, apaisé, et tu ne la quittes plus. Où qu'elle aille, tu es fourré dans ses jupes et participes par le regard à tout ce qu'elle fait.

Un jour, en fin d'après-midi, après la classe, alors qu'il commence à faire sombre, tu pénètres dans la cuisine et constates qu'elle n'est pas là, non plus qu'aucun autre membre de la famille. À l'angle de la table, pour ton goûter, une tranche de pain avec son morceau de sucre. S'ils sont absents, c'est qu'ils ont pris la route, qu'ils ne reviendront plus. En hurlant, tu cours dans la maison, te précipites à l'écurie, dans le hangar, ouvres la porte de la cave, appelles, mais personne ne répond. De plus en plus affolé, tu cours de droite à gauche, vas voir derrière le tas de bois, et soudain tu l'aperçois au fond du jardin, où elle est en train de bêcher.

Il lui fallut un long moment pour te calmer et t'amener à dire ce qui t'avait à ce point alarmé.

La peur. La peur a ravagé ton enfance. La peur de l'obscurité. La peur des adultes. La peur d'être enlevé. La peur de disparaître.

Le matin, à l'aube, quand tu mènes tes vaches paître, et que loin du village, longeant des bois, tu t'enfonces dans la campagne déserte et silencieuse, tu ne cesses d'être aux aguets, de te retourner, de scruter le moindre buisson, de surveiller ce qui t'est proche tout en promenant un regard circulaire sur les lointains. Pour te rassurer, tu te tiens au plus près de tes vaches. Tu as cet espoir que peut-être elles pourraient te défendre. Parfois, à voix basse, pour ne pas alerter le voleur d'enfants qui s'apprête à bondir et se saisir de toi, tu leur parles. Le son de ta voix t'aide à te sentir moins seul, moins menacé, et la présence des bêtes te réconforte.

Mais le pire, ce sont ces soirs d'hiver où il faut aller chercher du vin à la cave.

Chaque pas, chaque geste mis au point en

vue de ne pas faire durer la terrible épreuve une seconde de plus.

Sortir, plonger dans la ténèbre, traverser la cour, ouvrir la porte d'une main ni trop lente ni trop rapide, éclairer, dévaler les escaliers avec ce sentiment que tu t'enfonces graduellement dans l'abîme, la lumière avare qui n'éclaire qu'un faible espace et laisse dans l'ombre le tonneau près duquel tu dois attendre interminablement que ton pot se remplisse, le robinet haï qui ne laisse couler qu'un mince filet noir, le sang qui bat aux tempes, les oreilles qui bourdonnent, puis remonter, t'empêcher de gravir les marches quatre à quatre, veiller à ce que le vin ne s'échappe pas du pot tenu par une main qui tremble, éteindre, refermer précautionneusement la porte, mais la serrure qui grince et risque de signaler ta présence, la cour traversée en trois bonds, la lumière retrouvée de la cuisine, attendre un instant dehors appuyé contre le mur, reprendre haleine, laisser le cœur se calmer, retrouver la possibilité d'entendre et de parler, puis bravement pousser la porte et reprendre ta place à table comme si rien ne s'était passé.

Chaque fois, terrifié. Chaque fois dans un tel état que tu t'approchais de la folie.

Tu aimes beaucoup ton père. Le plus clair de son temps, il le passe assis près de la fenêtre, et tu te tiens près de lui, debout, appuyé contre sa jambe. Vous n'échangez aucune parole, et de temps à autre il te frotte la tête de sa lourde main rude. Il a une curieuse pipe en S, avec un fourneau sculpté qui descend au-dessous du menton et qui est fermé par un petit couvercle muni d'une chaînette. Tu admires cette pipe, et parfois, il t'accorde le privilège d'ouvrir son paquet de tabac, de la lui bourrer, puis de craquer une allumette.

Regard dans le vague, visage maussade, il est en permanence plongé dans une profonde tristesse, et souvent il pleure. Quand il avait vingt-cinq ans, il a été victime de la grippe espagnole — cette épidémie qui a gagné plusieurs pays d'Europe et s'est révélée plus meurtrière que la Grande guerre qui venait de s'achever — mais comme il était doté d'une forte constitution il a survécu. Toutefois, il a perdu ses cheveux, ses dents, et depuis reste sujet à des accès de neurasthénie.

Le jour où il faut vendre la Sultane, la plus belle vache de votre maigre troupeau, tu es debout entre ses jambes, son menton s'appuie sur ton crâne, et il te serre contre lui. Ses larmes glissent dans tes cheveux, sur ton front, tes joues, tes lèvres. Il pleure le départ de la vache, et tes larmes se mêlant aux siennes, tu pleures de le sentir si malheureux.

L'âpreté et l'austérité des vies qui mènent un incessant combat pour tenter de faire reculer la misère. Chacun travaillant dur dans le seul but d'avoir simplement de quoi subsister.

On ne sait dans ta famille combien il est important qu'un enfant aille à l'école. De Pâques à la Toussaint, pour pouvoir garder tes vaches, tu cesses d'aller en classe. Sept mois sans lire une page, sans revoir ta table de multiplication, sans effectuer une opération, de sorte qu'en novembre, quand tu te retrouves face à l'instituteur, parmi ceux qui n'ont jamais manqué, tu ne sais absolument rien. La crainte d'être le cancre de la classe. Chaque soir de ce premier mois d'école, une grande sœur s'occupe de toi et te fait réapprendre ce que tu as oublié.

À la belle saison, tu es le plus souvent dehors, t'occupes à nourrir les lapins, couper du petit bois, étriller une vache… Mais il arrive que tu te précipites soudain à la cuisine. Il te faut impérieusement la voir, te repaître de son visage, lui prendre la main, te serrer contre elle.

Elle te parle peu, ne te gronde jamais, et ce

qu'elle a à te dire passe dans son regard. Aussi le tien est-il souvent à l'interroger.

Elle ne cesse de travailler, à l'écurie, au jardin, dans les champs, à la maison, et elle a toujours un air triste, soucieux. Mais jamais elle ne se plaint ni ne récrimine. Tu l'entoures de menues attentions, et par exemple, tu surveilles les arrosoirs. Dès qu'ils sont vides, tu t'en empares et cours à la fontaine. Mais quand tu reviens, ils te paraissent bien lourds. Tu as du mal à les porter, à empêcher qu'ils ne raclent le sol, et tous les deux ou trois pas, il te faut faire une pause.

Ce jour-là, quand tu rentres de l'école, plusieurs personnes occupent la cuisine et tu perçois une certaine tension. On te demande d'aller chez les voisins, et cela te paraît inquiétant. Lorsqu'on te permet de revenir, tu apprends qu'un petit frère est né. Tu es fou de joie. Mais celle-ci est assombrie par le fait que la mère est un peu malade et doit garder le lit quelques jours.

La torpeur de ce jour d'été. Le silence. Le bourdonnement des mouches. Le bruit sourd d'une chaîne frottant une mangeoire ou celui d'une vache se frappant le ventre d'un coup de pied pour tuer un taon. Tu rentres à la cuisine. Pénètres dans une sorte de grand placard obs-

98

cur où se trouve l'évier. En tâtonnant, tu prends un verre, le plonges dans l'arrosoir. L'eau tiède est fade et ne désaltère pas. Ta mère te prend par le bras et avec douceur t'apprend que tu as une autre mère, qu'elle était à l'hôpital et qu'elle vient de mourir.

Debout en plein soleil, appuyé contre le mur, sous la treille. Tu n'es ni triste ni bouleversé. Tu te sens simplement bizarre.

L'enterrement. La maison où elle a vécu et où le père habite. Tu fais sa connaissance et aussi celle de tes frères et de ta sœur. De violentes émotions. Un état de stupeur. Tu voudrais voir le visage du père mais ton regard reste obstinément rivé sur le bout de tes chaussures. Comme ton costume, celles-ci ont d'ailleurs été empruntées et elles te font mal.

La petite église si différente de celle que tu connais. Pendant la messe, tu penses à cette mère enfermée dans le cercueil. Tu voudrais voir son visage, ses yeux. Et pourquoi était-elle malade? Tu voudrais prier pour elle, mais en cet instant, tu ne sais plus tes prières. Tu songes à ta mère, celle près de laquelle tu vis. Tu te retiens de pleurer.

Quand le cortège arrive près de la batteuse, le ronflement du moteur s'arrête. Les hommes se figent, enlèvent leur casquette, inclinent la tête le temps que passe le corbillard.

Le petit cimetière parmi les champs. Plus loin, le marais. Les tas de terre de part et d'autre

99

de la fosse. Les pleurs étouffés des femmes. Le bruit des pelletées de terre jetées sur le cercueil et qui retentissent longuement dans la tête.

Depuis ce jour de tes sept ans, tu n'as jamais aimé l'été.

Depuis deux ans la France est soumise à la domination ennemie, mais l'occupant n'a pas envahi votre région. Des maquis se sont constitués et ils se cachent dans les villages et les fermes isolées de la montagne. Au cours de l'hiver suivant, une colonne allemande est dépêchée dans cette région pour liquider ces résistants. Ceux-ci sont introuvables, mais la répression est féroce. Dans le village où tu es né, plusieurs maisons ont été incendiées, et les hommes, fusillés. Leurs corps enchevêtrés dont il était interdit de s'approcher sont restés plusieurs jours dans la neige. Ton père de la montagne a échappé au massacre par le fait qu'il s'était rendu dans la plaine pour assister à un enterrement. Comme il remontait à pied dans son village, on l'avait prévenu et il avait rebroussé chemin.

Les maquisards sortent de l'ombre et on les voit passer dans des voitures avec leurs mitraillettes. Certains sont même connus de toute la région pour avoir effectué des opérations insensées au cours desquelles ils ont éliminé de nombreux Allemands. On parle de coups de main, de voies ferrées qui sautent, de plasticages, et tu acquiers de très vagues connaissances sur les armes que possèdent les maquisards.

Un jour, tu soutiens à la mère qu'avec une grenade, on peut faire sauter le pont à plusieurs arches qui franchit à P. la rivière coulant dans la plaine. Elle t'explique que ce n'est pas possible. Tu affirmes que si, t'entêtes, veux la convaincre qu'elle ne comprend rien à ces choses. Alors, comme elle voit qu'elle ne peut te faire entendre raison, en éclatant de rire, elle lance :

— *Mais regardez-le ce petit Boche !...*

Boche !... L'injure suprême... Celle qui te rejette dans le camp de l'ennemi... Te range aux côtés de ceux qui déportent, torturent, massacrent, incendient... Et qu'une telle injure soit proférée par celle qui ne t'a jamais grondé, jamais adressé la moindre remontrance... Tu es anéanti. Elle doit te prendre sur ses genoux et elle a toutes les peines du monde à apaiser tes sanglots.

Une semaine plus tard, jour anniversaire de tes dix ans, tu prends de solennelles décisions :

101

— tu ne dois jamais tenir tête à la maman
— tu ne dois jamais la contrarier
— tu ne dois jamais lui faire de peine.

Tu écris ces mots sur une feuille de papier que tu gardes dans ton cartable. Ils auront à te rappeler de temps à autre les engagements que tu as pris.

Votre voisin est un solide gaillard d'une trentaine d'années. Lui aussi est paysan. Mais il doit s'arrêter de travailler. Il tousse, a de la difficulté à respirer, et un jour les examens révèlent qu'il est tuberculeux. Ses bêtes vendues, il n'a rien à quoi s'occuper et il traîne dans le quartier. En hiver, chaque soir, il vient jouer chez vous à la belote.

À sa suite, le malheur entre et s'installe pour longtemps dans la maison.

Tu as réussi ton concours d'entrée à l'école d'enfants de troupe d'Aix-en-Provence et c'est le moment du départ. La mère pleure et le père pleure aussi qui fait les cent pas dans la cour. Tu voudrais dire à la mère que tu travailleras pour qu'elle soit fière de toi et que tu lui écriras souvent, mais les mots restent pris dans ta gorge. Trois sœurs également sont là qui t'entourent, et aussi ton cher petit frère. Tu es déchiré et tu luttes contre les larmes. Tu crains de n'avoir pas le courage de partir.

Te voici devenu un petit militaire. On t'apprend à marcher au pas, à faire un demi-tour réglementaire, à saluer un supérieur, à présenter la chambrée à l'appel du soir... Tu fais partie de la première section de la première compagnie qui compte cent vingt élèves.

Tous ces garçons venus des quatre coins de la France... Tous ces visages... Tous ces anciens que tu regardes avec crainte et admiration...

Au cours de ces premières semaines, il se passe tant de choses que dans le courant de la journée tu n'as pas le temps de penser à ta famille. Mais le soir, quand le clairon sonne l'extinction des feux, que tu t'enfouis sous ta couverture, tu vois surgir les visages de ta mère, ton petit frère, ton père, tes sœurs, ton grand frère, et tu dois lutter contre la montée des larmes.

En classe, lorsqu'on vous indique les matières que vous aurez à étudier, tu es profondément indigné de ce que l'allemand soit à votre programme. Tu trouves choquant que vous soyez obligés d'apprendre la langue de l'ennemi, la langue de ceux qui près de chez toi ont incendié des fermes et fusillé les hommes du village. Le petit paysan que tu es décide qu'il se refusera à étudier cette langue.

L'étude du dimanche soir est réservée à la correspondance. Mais ces deux heures durant lesquelles tu tentes d'écrire à ta mère, elles te laissent immanquablement déçu et irrité. Tu voudrais lui raconter ce que tu vis, fais, éprouves, lui confier combien tu t'ennuies d'elle et du petit frère, mais tu n'y parviens pas. Dès que tu te mets à penser à eux, une violente émotion t'envahit et les mots dont tu as besoin ne te viennent pas. La fin de l'étude approche que tu en es toujours au *Chère Maman.* Alors, furieux contre toi, tu griffonnes en toute hâte quelques sèches et banales phrases qui n'expriment rien de ce que tu tenais tant à lui dire.

Au terme de ces deux heures, tu te promets chaque fois d'être particulièrement attentif pendant les cours de français, d'acquérir du vocabulaire, de soigner tes rédactions. Il faut qu'un jour tu sois capable de lui écrire des lettres où elle pourra lire tout l'amour que tu lui portes.

Ta seconde année démarre sous de bons aus-
pices. Tu as le même chef de section que la
première année, et en plus de son service à la
compagnie, il enseignera désormais *le noble art*.
Il a naguère été Champion de France militaire
dans la catégorie des poids moyens, et pour
plusieurs raisons tu l'admires.

Aussi quand on te demande quel sport tu
veux pratiquer, tu choisis évidemment la boxe.

À peine as-tu appris quelques rudiments aux
côtés des débutants de ton âge, qu'il organise
des combats entre vous. Il aime vous voir
vous flanquer de sérieuses peignées, s'esclaffe
bruyamment quand l'un de vous se fait descendre et reste étendu pour le compte. Lors de
ces combats de trois rounds de deux minutes,
afin d'attirer son attention, de gagner peut-être
son amitié, tu t'emploies à prouver que tu ne
crains pas de recevoir des coups et que tu ne
détestes pas en donner. Parfois, tu saignes du
nez, vois des étoiles papilloter devant tes yeux,
ou sonné, épuisé, te retrouves au tapis sans avoir
la force de te relever. Mais rien ne saurait rebuter l'ardeur dont tu fais montre.

Le dimanche, le chef vient te chercher à la
caserne et tu as l'indicible joie de passer la journée chez lui. Parfois, alors qu'il est de service et
doit retourner à la caserne, tu restes seul avec
sa femme, ce qui n'est pas tellement pour te
plaire. Tu es timide et sombre, farouche, et tu
ne sais que lui dire ni comment te comporter.

Pourtant, dimanche après dimanche — et si le chef est présent elle s'arrange pour avoir des moments où être seule avec toi — elle t'apprivoise, trouve les mots qui te dénouent, font tomber ta peur. À voix basse, elle t'apprend qu'elle s'ennuie, qu'elle est malheureuse, que toute la semaine elle attend ta venue avec impatience.

Elle te pousse à bien travailler. Pour elle et pour toi, t'explique-t-elle, il est important que tu décroches de bonnes notes et obtiennes régulièrement une permission de sortie.

Tu travailles avec toute l'énergie, l'application, la ferveur dont tu es capable, et chaque dimanche, tu la retrouves. Souvent tu es cafardeux et elle te console, te demande d'être patient, te fait miroiter l'avenir qui t'attend. Ou bien elle s'épanche, se délivre de sa souffrance, et en quelques mots haletants, c'est toi qui tentes de lui remonter le moral. Ainsi à ton insu est née entre vous une affection qui s'est très vite muée en un sentiment plus tendre.

Un jour, elle te prend dans ses bras. Atterré et ébloui, tu t'abandonnes. La suis avec stupeur sur le chemin qu'elle te fait découvrir.

Lourd d'un inavouable secret.
La rejoindre. L'aimer à nouveau. Mais tu n'es

106

admis à sortir le dimanche que si tu obtiens de bonnes notes. Or comment te concentrer et travailler alors que tu ne cesses de penser à elle, alors que le désir — ce qu'auparavant tu ne connaissais pas — a pris possession de toi et ne te laisse aucun répit ? Sur la page que tu lis, c'est son visage qui apparaît. Et quand le professeur fait son cours, c'est sa voix à elle que tu entends. Cette voix qu'elle a eue à l'instant où tout a chaviré, une voix sourde, blessée, appelante, laissant croire qu'elle allait défaillir.

Et comment éviter que ton désir et le bonheur de savoir qu'une femme t'aime ne soient corrodés par une lancinante culpabilité ? Le chef et sa confiance et son amitié. La mère à laquelle tu penses si souvent et qui te semonce, te rappelle que tu as reçu une éducation religieuse, que tu dois savoir qu'il y a des choses qui ne se font pas. Tu mourrais de honte si elle savait.

Écartelé. Pris dans une bourrasque qui te jette brutalement en pleine crise d'adolescence, ajoute maintes questions à celles que tu te posais déjà, fait soudain se craqueler ton enfance.

Tourments. Fissures. Le sentiment que la vie n'a qu'une seule face et qu'elle est sombre.

Ainsi l'ennui. Comme si une sorte de grisaille s'était déposée sur les êtres et les choses, avait tout envahi. L'impossibilité de participer. De t'intéresser à toi-même et à ce que sera ton avenir. Il t'apparaît ô combien vain de travailler, de

107

lutter, de faire tant d'efforts, puisque la mort pourrait t'abattre d'une seconde à l'autre et que tout pour toi s'effondrera un jour.

Ainsi la solitude. Cette irruption de l'angoisse lors des premiers jours passés dans cette caserne. La mère et les sœurs n'étaient plus là pour te guider, décider pour toi, t'entourer d'affection. Désormais, tu ne pouvais plus compter que sur toi-même et tu te sentais perdu. Maintenant ce lourd secret. Auprès de qui t'en délivrer et prendre conseil ? Dois-tu céder à ton désir ou écouter la voix de cette culpabilité qui te presse de demander à cette femme de tout arrêter là ?

Ainsi les humiliations. Des injures et des menaces qui créent des ravages. Ce besoin chez tel sous-officier de blesser, d'écraser, de t'atteindre au plus profond, de lacérer ton être, de plonger la lame à l'intime de ta pulpe. Après, pendant des jours, la blessure saigne, tu ne peux penser à rien d'autre, es incapable de parler. Une blessure qui te souille, t'avilit, et qui, en te dépouillant de ta dignité, t'a persuadé que tu étais un minable.

Ainsi les coups de cafard. Des éboulements à l'intérieur de l'être. Rien ne semble plus possible. Une seule issue : renoncer, déposer les armes. Ces jours où tu broies du noir. Où hébété de souffrance tu ne comprends rien à rien. Où ta vie de jeune militaire te paraît littéralement insupportable.

Ainsi les révoltes. Mais des révoltes étouffées.

Car tu as très tôt compris que si tu te dressais pour dire non, tu serais brisé, et que ta vie ne serait qu'une infernale descente aux enfers. Des révoltes qui vont jusqu'à te donner des envies de meurtre, mais que tu réprimes avec violence de peur qu'un jour elles ne te poussent à commettre un acte inconsidéré. Puis quand le calme revient, ce désir de fuite, de partir loin, de marcher sans fin sur les routes...

Mais toujours en toi vibre cet amour de la mère. Un amour qui te soutient, t'enjoint de tenir, de te montrer docile et courageux, de lui témoigner ta gratitude en veillant à ne rien faire qui pourrait la peiner.

Toutefois, durant cette année, alors qu'en raison des circonstances elle a eu un surcroît de travail, elle t'a peu écrit. Ton attente angoissée à chaque rapport, lors de la distribution du courrier. Le sous-officier qui égrène les noms des heureux, et à la fin, quand la dernière lettre a été remise — à l'appel de son nom, sortir des rangs, se précipiter vers le sous-officier, se figer au garde-à-vous à deux pas, saluer, avancer d'un pas, reprendre la position du garde-à-vous, tendre la main droite pour se saisir de la lettre, faire un demi-tour réglementaire, puis en quelques rapides enjambées regagner sa place à l'intérieur de sa section, mais si l'élève n'est pas assez prompt, il arrive que l'enveloppe soit jetée à terre — ta déception qui assombrit le restant de la journée. Dès que vous vous retrouvez au

109

réfectoire, tu te mets en quête d'un bon copain qui consent à te laisser lire la lettre qu'il vient de recevoir, ou en échange de quelques desserts, accepte que tu la gardes après qu'il en a pris connaissance.

Cette année, elle t'a peu écrit. Tu peux facilement te représenter tout ce qu'elle a à faire, ses graves soucis, la difficulté qu'il y a à prendre la plume lorsque les conditions ne s'y prêtent pas. Tout cela, tu peux sans peine te le figurer. Mais un fait demeure : cette année, elle t'a peu écrit. À certains moments de détresse, tu te mets dans la tête que tu l'as déçue, qu'elle t'a retiré son affection, qu'elle va bientôt t'abandonner. Cette idée, tu la combats, mais quand elle s'impose à toi, tu pourrais te mettre à hurler.

Ta vie est rigoureusement cloisonnée. Quand tu es de retour dans ta famille, notamment aux vacances de Pâques et d'été, tu quittes ta tenue et te retrouves le lendemain derrière les vaches. Sans transition, tu cesses d'être un enfant de troupe pour redevenir un paysan. Et tu ne peux parler à la mère ni aux sœurs de l'existence que tu mènes à ton école. Pour elles qui ignorent tout de ce en quoi consiste la vie militaire, ce que tu pourrais raconter ne signifierait rien. D'un jour à l'autre, tu dois donc oublier les pensées, préoccupations et manières d'être qui

étaient les tiennes, adopter d'autres comporte-
ments, veiller aussi à bannir de ton vocabulaire
les nombreux mots d'allemand et d'argot qui
émaillent la langue fort particulière dont vous
vous servez pour communiquer entre vous à la
caserne.

À redécouvrir avec un œil déshabitué ce
monde où s'est déroulée ton enfance — le village, la ferme avec ses odeurs et ses bruits, les
membres de ta famille, les voisins, le chien, les
vaches, la charrue, la faucheuse… — entendre
la mère et le père parler en patois, tout te
paraît singulièrement étrange.

Lorsqu'un nouveau trimestre te voit revenir à
l'école, la mutation à laquelle tu dois te prêter
s'effectue en sens inverse. Mais c'est surtout à la
rentrée d'octobre que le choc est le plus violent.
Au long des grandes vacances, tu es redevenu
un civil, tu as oublié sans avoir à t'y contraindre
les gueulantes des sous-officiers, les revues
de casernement, la crainte permanente d'être
puni…, et le jour de la rentrée, revêtant ton uniforme, il te faut le soir même te glisser dans la
peau d'un personnage dont tu t'étais désaccou-
tumé. Tout ce qui t'a occupé pendant ces mois
d'été, tu as dû l'abandonner en franchissant le
seuil du poste de garde, et sur-le-champ, te laisser réinvestir par tout ce qu'implique ta vie d'enfant de troupe. Mais bien que perturbé, tu
retrouves très vite tes réflexes, tes habitudes, ton
souci de ne pas te faire remarquer. En passant

inaperçu, il t'est plus facile de te soustraire à certaines obligations, de prendre de menues libertés avec la discipline.

Et ces deux vies, celle que tu mènes dans ton village et celle que tu endures à la caserne, tu n'en dis rien à la femme du chef. Tu as décidé une fois pour toutes que l'entretenir de ce que tu fais ne pourrait que l'ennuyer, que des propos aussi triviaux ne réussiraient qu'à ternir ce qui s'est tissé entre vous. Aussi demeures-tu le plus souvent silencieux. Un jour, elle te reproche ton mutisme, te presse de te confier à elle, te laisse incrédule en t'apprenant que tout ce qui te concerne l'intéresse. Elle t'étonne aussi en remarquant que ce que tu ne sais ou ne veux dire avec des mots, il arrive que ce soit ton regard qui l'exprime.

Dans deux jours tu auras quinze ans. L'avant-veille de la rentrée, tu rends visite au père de la montagne qui est maintenant un paysan et possède quelques vaches. Lors des trois années précédentes, tu as parcouru à pied ces douze kilomètres. Constamment, la peur, et plus encore quand tu devais prendre les raccourcis à travers bois. Mais cette année, tu as pu emprunter un vélo à l'une de tes sœurs.

Comparé à ton village qui fait figure de petite

ville — son usine de soierie, sa rue qui s'anime quatre fois par jour, ses magasins, ses cafés, son médecin, sa pharmacie, son haut clocher, l'imposant édifice de la mairie et des écoles, la place avec ses dix platanes, les châteaux sur les collines environnantes — ce village te paraît désert et triste. À peine viens-tu d'arriver que tu n'as d'autre désir que de détaler au plus vite.

Tu n'oses entrer dans la grange. Car si tu frappes à la lourde porte de bois, ils ne peuvent t'entendre. Or il te répugne de pénétrer dans cette maison sans pouvoir t'annoncer. Aussi tu restes un long moment avec ta main sur le loquet avant de trouver le courage de pousser la porte.

Tu es là debout au milieu de la cuisine, bras ballants, dansant d'un pied sur l'autre. Tu penses à celle qui a vécu là et qui, après en être partie, n'y est jamais revenue. Tu voudrais déguerpir mais tu t'imposes de rester quelques minutes. Le père constate que tu as grandi et te demande si tu travailles bien à ton école. Tu profites de ce qu'il mentionne celle-ci pour expliquer qu'à la caserne vos chambres ne sont pas chauffées, que l'année dernière, tu as touché un pull en fil, à manches courtes, que tu as souffert du froid, et justement… tu venais demander s'il serait possible qu'on t'achète un pull.

La femme qui est là répond d'une voix sèche qu'il ne faut pas y penser, qu'ils n'ont pas d'argent à gaspiller.

Tu sautes sur ton vélo et te mets à pédaler avec rage, les yeux brouillés de larmes.

Comme tu t'engages dans la descente, tu décides que tu ne te serviras pas des freins. Si tu te tues, ce sera la preuve que tu ne méritais pas de vivre.

Au premier, au deuxième, au troisième, au quatrième virage, ta peur l'emporte sur ta résolution, et chaque fois, au dernier moment, un coup de frein salvateur te permet d'éviter la chute. Mais cet autre virage se présente. Il importe que tu ne flanches pas. Que tu te mettes à l'épreuve du destin. Que tu saches s'il permet ou non que tu vives.

Tu descends singulièrement vite. Parvenu à l'endroit qui décidera du verdict, couché sur ton vélo, tu traverses la route pour couper le virage, mais à la sortie, alors que ta vitesse est excessive, tu poursuis tout droit et montes le long du rocher. Le pneu avant éclate, tu es sévèrement secoué, et mains crispées sur les poignées du guidon, tombant à la renverse, tu vois soudain ton vélo au-dessus de toi avec ses roues qui tournent lentement contre le ciel. Vision fort brève qui n'a duré que le temps de ta chute, mais qui s'est gravée en toi, et qui, plus tard, a souvent resurgi.

Tu restes inanimé sur le bord de la route.

Le chauffeur d'une voiture te relève, t'aide à prendre place sur un siège, cache ton vélo derrière des bois et te descend au village. Tu as une plaie au crâne et terriblement mal aux reins.

Tu expliques à ta famille que tu as voulu imiter les coureurs du Tour de France qui dévalent les cols *à tombeau ouvert* et tu les rassures en déclarant que tu ne t'aviseras pas de recommencer.

Le lendemain, quand tu pars pour ton école avec ta valise en bois, tes brodequins désormais trop petits et qui t'obligent à marcher les pieds en dedans, tu es mal en point, mais tu n'y attaches aucune importance. Tu as l'inestimable satisfaction de te dire que le destin a prouvé qu'il t'accordait le droit de vivre.

Quand tu es entré dans cette école, tu étais bon en maths et faible en français. Or tu ne te passionnes pour une matière que si le professeur qui l'enseigne t'inspire de la sympathie. S'il ne te plaît pas, tu travailles juste ce qu'il faut pour n'avoir pas de trop mauvaises notes. Chaque année, le hasard a voulu que tu aies un meilleur contact avec ton prof de lettres qu'avec ton prof de maths. Délaissant celles-ci, tu as donc travaillé avec ferveur pour faire des progrès en français. Tu y étais d'ailleurs incité par ton désir de pouvoir rédiger de longues et copieuses missives à l'intention de ta mère, de lui exprimer l'amour que tu lui voues.

Aussi à chaque étude, au lieu d'apprendre tes leçons et de faire tes devoirs, tu ouvres dès la première minute ton manuel de littérature et tu t'y plonges. Tu lis et relis les extraits tirés des œuvres des grands écrivains, et à la fin du premier trimestre, tu en sais par cœur des dizaines de pages. Quand tu t'absorbes dans ta lecture, tu plaques tes mains contre tes tempes et ton front, ne laissant qu'une étroite ouverture pour ton regard. Bien souvent, ces textes t'émeuvent tant qu'ils te font monter les larmes aux yeux, et tu ne veux surtout pas que tes voisins te voient pleurer et se moquent de toi.

Tu aimes étudier, acquérir des connaissances, mais tu travailles trop irrégulièrement pour être un bon élève. Parfois, tu sombres dans une crise de cafard, et pendant des jours, tu n'ouvres ni livres ni cahiers. De plus, les rituelles mauvaises notes qui te sont infligées par ce professeur d'allemand que tu ne manques jamais de défier, te sont un lourd handicap.

En raison des engagements qu'on a pris pour toi, tu sais que tu devras rester dans l'armée. Du moins un certain nombre d'années. Pourtant, tu te surprends parfois à songer que tu aimerais devenir un écrivain. Mais prenant aussitôt conscience du lieu où tu te trouves, de l'entourage qui est le tien, de l'avenir tout tracé qui t'attend, tu es très vite ramené à la réalité, et pour te punir de caresser un rêve aussi extravagant, tu t'insultes, te couvres de sarcasmes.

Les journées aux horaires stricts et toutes semblables. La routine. L'ennui. Parfois, la perspective de quitter l'école une fois passé le bac te semble si lointaine que tu as le sentiment que tu es là pour toujours, que ta vie entière se déroulera entre ces murs, que seule la mort pourrait te délivrer. Mais prisonnier de ce temps immobile, tu crains qu'elle ne survienne jamais, et souvent tu l'appelles, désires qu'elle surgisse, mette fin à ton existence d'étouffé.

À l'inverse, cette mort que des hommes à peine plus âgés que toi ne souhaitaient nullement rencontrer, elle les a fauchés en quelque rizière d'Indochine où la guerre fait rage. En effet, de plus en plus souvent, vous apprenez qu'un chef ou un ancien que vous connaissiez, va revenir de là-bas dans un cercueil, et de pareilles nouvelles te glacent d'effroi. Si toi aussi un jour tu devais t'engager et quelques mois plus tard tomber sous le feu de l'ennemi... Cette mort, il est vrai que tu la redoutes bien plus que tu ne la désires. Et tu la redoutes pour une raison précise. La femme du chef t'a révélé qu'il était maladivement jaloux, et que si un jour il vous surprenait, ce serait sans débat de conscience qu'il vous expédierait dans l'autre monde. Mais au lieu de vous pousser à vouloir tout interrompre, cette peur du pire n'a fait que vous lier davantage l'un à l'autre.

Tu existes sur deux plans. Tu as de bons amis, de nombreux copains, tu pratiques plusieurs sports, et presque chaque dimanche, la rencontre avec la femme du chef ensoleille ta journée. Apparemment, tout va donc bien pour toi. Tu n'as pas de problème de discipline, tu parais bien intégré et en tous points semblable à tous ces jeunes dont tu partages l'existence. Mais parfois, tu es happé par ta réalité interne, et là, tout se complique, tout devient confus. Tu découvres que ce que tu penses et désires profondément se situe à l'opposé de celui que tu es pour les autres. Tu vis ce décalage comme un mensonge, une sorte de trahison, et pour y remédier, tu voudrais tout à la fois étouffer ce que tu es et devenir comme eux.

Ceux qui se voient déjà porter des galons d'officier, se montrent irréprochables, font du zèle, se prennent terriblement au sérieux.

Ceux qui suivent le train-train quotidien, acceptent tout sans regimber, semblent ne jamais se poser de problèmes.

Ceux qui ont décroché, ne travaillent plus en classe, devront s'engager à dix-huit ans, et qui, démoralisés, dégoûtés de l'armée, sont d'incurables je-m'en-foutistes.

Tu n'appartiens à aucun de ces trois groupes et tu en souffres. Pour autant, tu ne voudrais pas être de ceux qui ont renoncé, n'attendent rien de l'avenir, tuent le temps et leur ennui en dormant, en jouant à la belote, en feuilletant des magazines où s'exhibent des femmes nues.

Lorsque tes camarades parlent d'un chef ou d'un professeur, il est rare que tu sois d'accord avec ce qui se dit. Mais tu te retiens d'exprimer ce que tu penses. Tu reconnais que s'ils sont si nombreux à être d'une même opinion, alors que toi tu ne la partages pas, c'est la preuve que ta perception des êtres est erronée. Cependant, une fois, il se trouve que les faits viennent confirmer ce qu'obscurément tu pressentais, t'amènent à conclure que tu n'as pas forcément tort de penser ce que tu penses.

Un adjudant est arrivé dans votre compagnie. Étonnamment jeune, ancien enfant de troupe, il vous traite en copains et fait très vite la conquête des quatre sections. Tous sont admiratifs, lui parlent à cœur ouvert, se réjouissent d'avoir un chef aussi débonnaire et compréhensif. Mais toi, un instinct t'avertit que tu ne dois pas te fier à lui, qu'il te faut demeurer sur tes gardes. Deux mois plus tard, alors qu'un soir il se promenait en ville, il a aperçu quatre élèves ayant fait le mur. Au lieu d'ignorer ce qu'il avait vu, le lendemain, il a rédigé un rapport, et les quatre élèves ont été immédiatement renvoyés.

Les cours d'instruction militaire, la discipline à laquelle vous êtes soumis, l'existence que vous menez visent à vous façonner, à imprimer en vous un certain état d'esprit. Quelque chose en toi que tu ne saurais nommer t'impose de te préserver, de rester lucide, de ne pas te laisser influencer par ce qu'on vous inculque. Souvent tu te fermes, te retires au plus reculé de toi-même, là où nul ne peut t'atteindre, faire pression sur toi, te manipuler, et avec mauvaise conscience, honte, tu t'avoues en secret que tu as l'âme d'un rebelle.

Te surveiller. Te réprimer. Finir par ne plus exister que comme à côté de toi-même. Un toi-même où s'installe une gêne, une sorte de malaise ténu dont tu as une vague conscience et qui ira d'ailleurs s'accusant au long des futures lentes années. Le malaise de n'être que rarement à l'unisson, de te sentir coupé des autres, de t'éprouver différent. D'où une mélancolie profonde. Qui plaque son voile de morne désolation sur tout ce qui t'environne, tout ce qui t'advient.

Mais tu ne veux pas te laisser sombrer. Ta passion pour le rugby a supplanté ta passion pour la boxe. Tu es le capitaine d'une équipe qui ne remporte que des victoires, ce qui vous vaut à l'intérieur de l'école une indéniable considération. Quand le colonel t'aperçoit dans la cour, il arrive qu'il t'appelle pour te féliciter et te prodiguer ses encouragements.

Pendant les matches, tu te livres à fond, oublies tout, et lorsque vous êtes de retour au vestiaire, tu es à ce point vidé que tu dois t'accorder quelques minutes de récupération avant d'être à même de délacer tes chaussures. Ces moments où tu t'entraînes, où tu joues, les seuls où tu adhères à toi-même. Les seuls où tu échappes à ce qui te tourmente. Les seuls qui aient le pouvoir de t'arracher au temps.

En dehors de ces moments, tu traînes ta mélancolie.

Te surveiller. Te réprimer. Constamment tu es en porte à faux. Alors tu te détournes de ton quotidien, et tu attends. Une attente douloureuse, qui mobilise tout ce que tu es, te maintient dans une perpétuelle tension. Ce que tu attends, tu ne saurais rien en dire. Tu attends que ta vie change. Que cette avidité de vivre qui maintenant te possède trouve à s'assouvir. Que cet enfant perdu qui t'accompagne de ses sanglots soit enfin consolé.

C'est la première fois depuis les obsèques de la mère que les quatre enfants se voient réunis. Et réunis en présence du père et de quelques membres de la famille. L'occasion de ces retrouvailles : le mariage de la fille. Cette sœur, tu l'as rencontrée à plusieurs reprises, mais tes frères te sont totalement inconnus. Ce jour-là, tu as un vif désir de faire leur connaissance, d'apprendre ce qu'ils font, ce que furent leur enfance et leur adolescence, mais au cours de ces deux journées, les circonstances ne permettent pas que chacun se raconte aux deux autres. Quand vous vous séparez, tu n'en sais pas plus sur eux qu'avant de les avoir retrouvés.

Quelques mois plus tard, ils ont émigré au Canada où leurs routes ont divergé. Puis l'un après l'autre, ils se sont fixés en Californie et tu ne les as revus que de loin en loin.

Pendant ton avant-dernière année, pour une raison inexplicable, la discipline s'est relâchée et les trimestres t'ont paru moins longs. Mais à la rentrée suivante, le changement a été brutal.

Venu de la Légion étrangère, votre capitaine est un excité, une grande gueule, et toute l'année, il s'emploie à méthodiquement vous en faire baver. Insultes, paroles humiliantes, menaces de renvoi, revues incessantes, marches forcées…, il ne vous laisse aucun répit.

Comme à ton habitude, tu t'appliques à passer inaperçu, mais un jour ton regard te trahit. Tu n'es pas assez attentif à toi-même pour empêcher tes yeux d'exprimer ce que tu ressens, ce que tu penses. Lors d'une revue, en passant devant toi, il lit en eux que tu le prends pour un bouffon, et à partir de cet instant, il ne cesse plus de te harceler, t'humilier, te rendre la vie impossible.

Une année sombre que tu termines en étant nerveusement épuisé et qui laisse en toi de profondes blessures.

Tu passes ta dernière journée avec la femme du chef. En la quittant, tu lui exprimes ta gratitude pour l'amour qu'elle t'a donné et pour tout ce que tu lui dois.

Le cœur lourd, incapable de la consoler, tu brusques les adieux et tu t'enfuis.

De retour à la caserne, tu rends ton paquetage et revêts des effets civils.

Quel tumulte en toi quand tu franchis le poste de garde ainsi vêtu. Et ton étonnement à saluer le sous-officier d'un signe de tête sans avoir à présenter ton titre de permission.

Tu te diriges vers le centre de la ville. Les premières lumières qui s'allument. La fraîcheur qui tombe. Les feuilles mortes sur les trottoirs. Tu aimes cette saison, mais ce qui la consume te pénètre plus que tu ne voudrais. Ses ciels voilés ou hachurés de suie, les arbres qui se dépouillent, la nature qui lentement meurt…, tu ressens ce déclin dans tout ton être, et l'angoisse qui t'en vient se fait plus lourde à chaque crépuscule.

Au sortir de la papeterie, sur le cours Mirabeau, tu restes un long moment à ne pouvoir faire un pas. Tu prends conscience que ta vie d'enfant de troupe s'achève, et avec elle, ton adolescence. La femme du chef, tes amis, tes copains, tes chefs, tes professeurs, cette ville et cette région que tu as fini par aimer, les bons et les mauvais moments, les émois et les déceptions, les révoltes et les découvertes, les jours d'ennui et le bonheur des cours de français, les caresses de l'amante et les insultes du capitaine…, tout cela qu'il te faut maintenant laisser derrière toi et qui va se trouver exposé à la lente corrosion du temps. Si souvent tu as été tendu vers ce jour du départ. Si souvent tu as imaginé la joie que tu éprouverais. Tu es là comme pétrifié. Terrassé par le poids de ces années qui ont été pour toi d'une telle importance.

Non la joie de la délivrance, mais un lourd, un profond chagrin.

Médecin, enseignant, écrivain. Selon toi, les trois plus belles professions qu'on puisse imaginer. Soigner les corps et les psychés. Former de jeunes esprits, leur apprendre à penser, les préparer à la vie. En écrivant, se délivrer de ses entraves, et par là même, aider autrui à s'en délivrer. Parler à l'âme de certains. Consoler cet orphelin que les non-aimés, les mal-aimés, les trop-aimés portent en eux. Et en cherchant à apaiser sa détresse, peut-être adoucir d'autres détresses, d'autres solitudes.

En raison de ta situation, tu ne peux envisager d'être un jour un enseignant. Et ce que tu es non moins que ces mêmes circonstances t'interdisent de devenir un écrivain. Mais tu vas entreprendre des études de médecine et tu mesures ta chance. Tu entres à l'École du service de santé militaire de Lyon, déterminé à travailler autant que tu le pourras. Une puissante motivation t'anime : dans quelques années, pouvoir apaiser les souffrances de ceux et de celles qui ne savent plus vivre, se sentent tirés vers la mort, ceux et celles en qui tu te plairas à reconnaître cette inconnue dont tu as reçu la vie et à laquelle tu songes si souvent.

Les journées sont rudes. Du lever à cet instant où tu te retrouves dans ta chambre, en début de soirée, tu n'as pas une seconde à toi. Tu souffres d'être coupé de toi-même, de devoir étouffer ta vie intérieure, refouler ces questions qui continuent de te harceler. Mais parfois, celles-ci se font plus véhémentes et tu ne peux plus les ignorer. Alors tu restes à ne rien faire, le regard dans le vague, conscient que tu perds ton temps, malheureux de ne pouvoir te contraindre à travailler. Lorsque tu assistes à un cours, souvent ton attention s'échappe et il arrive par exemple qu'à une complexe formule de chimie organique se trouvent intégrés des mots montés du murmure intérieur et que tu voulais ne pas perdre.

L'École possède un embryon de bibliothèque, et tu t'y rends de plus en plus souvent, mais comme en un mauvais lieu. Ne sachant que lire, tu prends un roman au hasard. Chaque fois que tu ouvres un livre, c'est comme si tu allais au-devant d'une merveille. Chaque fois tu es terriblement déçu. Mais ces déceptions ne réussissent pas à te détourner de la lecture. Au contraire. Elles ne font qu'attiser ta soif.

Les mois passent. En dépit de tes remords, de tes résolutions, de la conscience que tu as de courir à la catastrophe, tu consacres de moins en moins de temps à l'étude et te réserves des heures où tu te plonges dans un roman, où tu griffonnes des notes dans un carnet.

Jamais tu n'as connu une telle angoisse. Ta volonté ne peut rien contre ce besoin qui s'est emparé de toi et qui vient tout bouleverser. Un besoin de tu ne sais quoi, mais qui te pousse à réfléchir, lire, t'interroger, te demander entre autres choses si la vie a un sens.

Tu redoubles ta seconde année. Un jour, à l'approche des examens, en toute inconscience, tu décides de quitter cette École. Afin de pouvoir fonder ta vie sur l'écriture.

Un médecin compréhensif permet que tu

sois élargi et dégagé de toute obligation envers l'armée. Ainsi es-tu réformé à vie pour inadaptation à la vie militaire.

Il n'empêche que tu as un sentiment d'échec et qu'il t'est pénible de penser que tu ne mèneras pas à terme les études que tu avais entreprises.

Tu quittes l'École comme un voleur, sans prévenir personne, sans dire adieu à tes amis qui pourtant te sont chers. Pendant longtemps tu en auras des remords. Mais tu n'aurais su leur expliquer pourquoi tu partais. Et si tu en avais été capable, tu aurais craint qu'ils ne se moquent de toi, déplorent ouvertement la décision irréfléchie que tu avais prise, ne te fassent sentir qu'ils te considéraient comme un irrécupérable hurluberlu.

Libéré après onze ans passés sous l'uniforme. Une véritable ivresse à te dire que ta vie va commencer. Tu en éprouves une joie qui pendant plusieurs semaines te transforme. Tu ne pouvais certes te douter que s'amorçait pour toi une crise qui allait durer quelque vingt ans.

Tu choisis de demeurer dans cette ville où tu deviens professeur de physique-chimie. Tu n'as connu jusque-là que ton village, la caserne d'Aix, l'École de santé, et tu as toujours vécu au sein d'une famille ou d'une collectivité. Totalement inadapté, tu découvres ce que signifie être seul et être libre — du moins libre de certaines contraintes. Entièrement assumé au long de tes années militaires, il te faut désormais apprendre à vivre dans cette cité où tu te sens perdu. Et bien évidemment, tu dois faire face à toutes sortes de nécessités et d'obligations dont tu n'avais jamais tellement soupçonné qu'elles existaient.

Les circonstances ne t'ont jamais permis de rester seul dans une pièce pendant plusieurs heures d'affilée, et maintenant, c'est un luxe que tu peux t'offrir. Au début, à tout instant tu regardais ta montre, tu craignais de rater un rassemblement, tu redoutais qu'on vienne te chercher et qu'on t'engueule pour t'être ainsi soustrait à ce que prévoyait le programme de la journée. Mais non, nul coup de sifflet, nul sous-officier surgissant pour te rappeler à l'ordre. Plus tard, ces après-midi où tu avais pu rester seul en tête à tête avec toi-même dans le silence d'une pièce, savourant le fait de disposer d'une plage de temps que tu pouvais allonger à loisir, tu te les rappelais comme l'une des plus étonnantes choses que la vie t'ait offertes.

L'uniforme que tu as quitté, tu continues de le porter à l'intérieur de toi, et quand il t'arrive de croiser un gradé, ton cœur se met à battre la chamade.

Dans la rue où tu marches avec la crainte

d'être pris en faute, à tout instant tu vérifies si ta veste et le col de ta chemise sont bien boutonnés, et il t'a fallu un long temps avant que tu oses entrer dans un café, un temps encore plus long avant que tu ne te risques à pousser la porte d'une librairie.

De plus en plus souvent, tu songes à Aix. Non que tu regrettes l'école, mais les copains et les amis te manquent. Cette solidarité qui vous unissait. Lors des punitions collectives, aucun ne se serait avisé de dénoncer le coupable. Et quand un colis arrivait, chacun dans la chambrée en recevait sa part.

Cette exceptionnelle fraternité, tu l'as perdue et elle entretient en toi une lancinante, une inapaisable nostalgie. Ces copains et ces amis dispersés aux quatre coins de la France, voire expédiés à l'étranger, où se trouvent-ils? Comment vivent-ils leur nouvelle situation? Tout va-t-il bien pour eux? Plus aucun lien entre vous. Tu ne peux même pas leur écrire pour leur dire combien ils te manquent, combien tu les aimes.

Tu veux écrire. Tu veux écrire mais tu ignores tout de ce en quoi consiste l'écriture. De surcroît, tu n'as strictement aucune culture. Lorsque tu en prends conscience, tu es accablé et tu comprends que pendant des années, tu vas devoir faire des gammes et dévorer des centaines, peut-être des milliers de livres. Mais ce labeur à venir ne t'effraie pas. Tu as gardé ta mentalité de paysan. Avant de moissonner, d'abord labourer, herser, semer, rouler. Puis attendre que tournent les saisons. Et surtout ne pas perdre de vue que des calamités diverses peuvent compromettre la récolte. Mais tu es tenace, obstiné, et tu te promets que ce sillon que tu commences à ouvrir, tu l'ouvriras quoi qu'il arrive jusqu'à l'autre extrémité du champ.

Tu as trouvé une librairie qui loue des livres et tu lui rends de fréquentes visites. Nulle personne pour guider tes pas dans cet immense continent des littératures. Tu te plonges au hasard dans des ouvrages de toutes sortes — romans, pièces de théâtre, recueils de poèmes, essais, philosophie — traduits souvent d'une langue étrangère. Tu as cette boulimie de l'autodidacte qui a honte de son ignorance et veut coûte que coûte en réduire l'étendue.

Quand tu n'es plus à ta table, où que tu sois, quoi que tu fasses, tu ne cesses de moudre des phrases dans ta tête. Mais lorsque tu veux écrire, des heures s'écoulent sans que tu puisses tracer un mot. Il n'empêche qu'en fin de journée, tu penses n'être pas resté inoccupé ou la tête vacante ne serait-ce que quelques minutes. Tu veux ouvrir une petite brèche dans ce mur au pied duquel tu te trouves et qui t'écrase.

Une jeune femme accepte de partager ta vie. Tu ne peux rien lui dire de qui tu es, de ton histoire, de ta difficulté à vivre, mais tu lui apprends que le besoin d'écrire t'habite, et que selon toute probabilité, il va régir ton existence. Tu ne sais même pas si tu as quelque talent, si tu auras quelque chose à dire, et tu prévois qu'il te faudra longuement travailler avant de pouvoir écrire un livre digne d'être publié. Tu la préviens que tu n'as aucune ambition sociale et qu'elle risque d'avoir à se priver, faire des sacrifices, mener une vie terne, dénuée de toute joie et toute satisfaction. Elle te convainc pourtant de quitter ton poste de professeur et propose d'être seule à gagner votre pitance. Ainsi auras-tu tout ton temps à consacrer à l'écriture. Tu la mets en garde, expliques que ton aventure peut s'achever sur un fiasco. Elle ne veut rien entendre et maintient sa décision.

Qu'on puisse croire en toi, en tes possibilités, te bouleverse, déclenche une crise de larmes, te donne envie de disparaître, et tu te reproches de n'avoir su la convaincre qu'elle commettait une grave erreur en pariant aveuglément sur ton avenir.

Tu t'imposes une stricte discipline. Le matin, tu t'occupes de l'appartement, fais les courses, prépares les deux repas, et s'il te reste du temps, tu vas marcher dans le centre de la ville. À deux heures, tu es à ta table, et en fin d'après-midi, tu sors à nouveau. Puis après le dîner, tu te réinstalles à ta table pour toute la soirée.

Souvent, tu es incapable d'écrire ou même de lire, mais tu laisses ton esprit vaguer, demeures à l'écoute du murmure, te plais à observer le fonctionnement de ta pensée.

Tu te trouves dans la plus totale des confusions et tu en souffres. Tant de choses t'encombrent et voilent ton œil. Tu t'appliques à l'épurer en même temps que tu travailles à te constituer un vocabulaire. Certains mots ont tendance à revenir plus souvent que d'autres sous ta plume. Il te faut savoir très exactement ce qu'ils recouvrent, afin que lorsque tu les emploieras, ils aient toujours une même signification. Si tu veux avoir chance de vaincre un jour ta confusion, il importe que tu veilles à soigner la précision de ta langue.

Quand tu es penché sur la page blanche, pourquoi ces inhibitions, ce blocage, cette impression que tu es attelé à une tâche aux difficultés insurmontables? D'emblée une sensation de fatigue. La conviction que tu ne pourras qu'échouer. Cependant, tu te refuses à accepter cette fatalité de l'échec. Alors contre tout bon sens, tu avances dans la nuit.

D'abord descendre. Encore descendre. Le dégager de la tourbe, ou de la boue, ou bien encore d'un magma en fusion. Puis le tirer, le hisser, lui faire péniblement traverser plusieurs strates au sein desquelles il risque de s'enliser, se dissoudre. S'il en émerge, enfin il vient au jour, et quand tu le couches sur le papier, alors que tu le crois gonflé de ta substance, tu découvres qu'il n'est qu'un mot inerte, pauvre, gris. Tu le refuses. Tu redescends dans la mine, creuses plus profond, cherches celui qui apparaîtra plus dense, plus coloré, plus vivace. Ainsi sans fin. Ainsi cet épuisement qui te maintient en permanence à l'extrême de ce que tu peux.

L'élan du néophyte te pousse à aller de l'avant. Tu te maintiens l'épée aux reins et en dépit des difficultés que tu rencontres, tu parviens tant bien que mal à écrire un roman, des nouvelles, deux pièces de théâtre, quelques poèmes... Mais tu n'en es pas satisfait. Travailler ces textes n'a été pour toi qu'une manière d'acquérir une expérience de l'écriture, et tu ne te caches pas qu'ils ne sont pas aboutis, qu'ils ne répondent pas à l'exigence qui a pourtant présidé à leur élaboration.

Tu continues de lire avec la même boulimie. Mais parfois, la saturation se fait sentir, et l'avidité laisse place au dégoût des livres, des mots, de la page blanche.

Des mois d'une douloureuse aridité. De jour comme de nuit, de sombres errances par les rues désertes de la ville. Mais tu sais qu'on ne peut se fuir. Tu marches à grands pas, absorbé en toi-même, dialoguant avec tes questions. Rien ne t'intéresse que la poursuite de cela qu'il t'est rigoureusement impossible de définir.

Ce que tu voudrais exprimer, tu ne parviens pas à le tirer hors de ta nuit. Trois obstacles te barrent le chemin de l'écriture.

La violence de tes émotions. Dès que le souvenir que tu en as gardé les ressuscite, le flot se libère, ton esprit se brouille, ton langage se désarticule, les mots eux-mêmes restent enlisés dans la gangue où ils dorment, et c'est comme une main qui se ferme sur ta gorge. Si tu voulais à toute force donner une idée de ton état, il te faudrait bégayer, te mettre à geindre.

Ton trop grand désir de bien faire. Comparée à tes moyens, une exigence beaucoup trop haute. Tous ces textes mort-nés, parce que, avant même d'en consigner le premier mot, tu étais convaincu qu'ils seraient par trop inférieurs à ce que tu aurais voulu réaliser.

L'admiration passionnée que tu portes à ces écrivains qui t'ont subjugué, parfois aidé à trouver ta voie. Que dire après eux ? Qu'ajouter à ce qu'ils ont su si bien exprimer ? Chacune de leurs pages t'a renvoyé à ta médiocrité. T'abstenir d'écrire serait une manière de leur rendre hommage.

Ta voix écrasée.

Tu voudrais abandonner. Mais un besoin te possède. Il est si impérieux que tu te sens impuissant à le combattre. Tu ne peux ni écrire ni renoncer à l'écriture. Une situation proprement infernale.

Les lentes et sombres années à espérer que les mâchoires de la tenaille finiront un jour par se desserrer.

Simplement attendre. Endurer le temps. Te laisser laminer par le doute.

Le samedi matin, tu ne tiens plus en place. Soudain, tu t'échappes et une fois dans la rue, te mets à courir. Il faut absolument que tu la voies, que tu passes quelques heures auprès d'elle. Tu cours à perdre haleine. Comme si ta vie devait en dépendre. Tu cours, tu cours, ignorant ces regards inquiets que des passants qui te croient poursuivi jettent sur toi. Tu es partagé entre l'attente fébrile de la joie que tu

135

vas éprouver et la crainte panique de rater ton train.

Selon l'heure à laquelle tu arrives à la petite station, aucun car n'assure la correspondance, et il t'arrive de couvrir à pied les douze derniers kilomètres.

Quand tu la vois, que tu l'embrasses, ton cœur bondit et une étrange sensation de bien-être te délivre de tes tensions.

Trois de tes sœurs et ton frère aîné ont fondé une famille. Tu aimes à leur rendre visite, et tu prends plaisir à jouer avec leurs enfants, à les faire sauter sur tes genoux, éventuellement à donner le biberon à l'un d'eux.

Le père est décédé il y a déjà plusieurs années, mais la maladie l'a tant fait souffrir que la mort n'a pu être pour lui que délivrance. Depuis, ta mère a quitté la ferme. Vivent avec elle deux sœurs restées célibataires et ton jeune frère.

Le dimanche matin, pour lui faire plaisir, tu l'accompagnes à la messe. Assis sur un banc à côté d'elle, tu songes à tout ce que tu lui dois. Privée du plus élémentaire confort et surchargée de travail, elle t'a élevé avec un infatigable dévouement, et jamais ne survint un fait, ne fut dite une parole qui aurait pu te conduire à penser que tu n'étais pas son fils.

Être riche de tant d'amour et le donner à profusion sans jamais chercher à en retirer le moindre bénéfice, sur aucun plan, cela t'émerveille, mais aussi, te pousse à poser sur toi un regard sans complaisance. Celui qui n'est pas porté par un puissant amour des êtres et de la vie, il lui manque l'essentiel, et quand tu t'observes, il te faut admettre que tu ne vois en toi que sécheresse, médiocrité, indigence.

Dans cette église, tu as assisté en tant qu'enfant de chœur à des dizaines de messes, de vêpres, de prières, d'enterrements, mais tu te refuses à ces souvenirs. Depuis que tu écris, pour ne pas être chargé de ce fardeau, tu t'es résolument détourné de ton enfance. Tu ne veux t'intéresser qu'à ton travail, à ce qui est a venir.

L'après-midi, tu vas te promener sur les collines. Des bois, des vignes, des prés, tous ces paysages que tu connais. Mais quand l'esprit est rendu aveugle par ce qui le tourmente, l'œil perd sa capacité de voir, et rien ne te pénètre de ce qui auparavant suscitait en toi de si vives émotions. Celui qui se bat contre lui-même, il est claquemuré dans sa solitude, et tu constates avec amertume que le spectacle de la nature ne peut rien t'apporter.

Si tu ne montes pas sur les collines, tu l'accompagnes au cimetière, en haut du village, au-delà des châtaigniers. Lorsque tu lui parles, tu veilles à ne jamais employer un mot qu'elle pourrait ne pas connaître. Mais le plus souvent vous êtes silencieux, et ces silences ne te pèsent pas, tant tu te sens en communion avec elle. Quand tu lui as annoncé que tu abandonnais tes études pour te mettre à écrire, tu ne lui as donné aucune explication, mais elle n'a pas mal réagi. Elle a simplement conclu que si tu avais pris une telle décision, c'est que tu avais tes raisons, et elle a formé des vœux pour que tu réussisses.

Tandis que tu te recueilles, elle prie un moment sur la tombe du père, puis vous allez de-ci de-là, à la recherche des tombes fraîchement refermées. Ces lugubres après-midi d'hiver dans le brouillard ou sous le noir des nuages butant contre la colline. Les bandes de corbeaux qui se pourchassent en croassant. La désolation de ce lieu, de ces instants. La désolation de ta vie qui lentement t'échappe. Cette vie qui t'apparaît comme une galerie s'enfonçant sous terre. Là où ne règnent qu'angoisse et ténèbres.

Le sentiment de ne rien valoir, de n'être rien, de n'avoir rien à espérer. Et mêlée à ce sentiment, la vague sensation qu'une plainte cherche à se faire entendre. Une plainte ou un cri, ou bien encore une toute simple parole qui dirait la fatigue, le non-sens d'avoir à subir une vie qui se refuse, la désespérance de celui que ronge la nostalgie du pays natal et qui sait ne pas pouvoir le retrouver.

Après avoir couvert un certain chemin, tu te

rends compte que ton besoin d'écrire est subordonné à un besoin de connaissance, que tu veux moins enfanter des livres que partir à la découverte de toi-même.

Plus tard, tu découvres cette autre évidence : puisque tu ne t'aimes pas, il t'appartient de te transformer, te recréer. Une certaine exigence t'habite. Elle te soutiendra, te guidera, te fournira la petite lumière qui te permettra de te frayer un sentier dans ta nuit.

Mais pour pouvoir édifier du neuf, il te faut au préalable détruire le vieux, faire place nette. En premier lieu, mettre à mort cet enfant de troupe qui survit en toi. Qui survit en toi avec ses craintes, ses blessures, le souvenir des humiliations subies, ses révoltes, son ressentiment... Puis aller jusqu'à l'extrême de la peur. Jusqu'à l'extrême de l'angoisse. Jusqu'à l'extrême de la culpabilité. Jusqu'à l'extrême de la haine de soi. Jusqu'à l'extrême de la détresse... Et chaque fois, parvenu en un point ultime, garder les yeux ouverts, et du sein du magma, observer, enregistrer, acquérir progressivement une juste connaissance de tout ce qui te constitue.

Ce voyage, tu n'as pas eu à le décider. Il a commencé bien avant le jour où tu as cru te mettre en route. À ton insu, tu t'es trouvé embarqué et il t'a fallu consentir. Une nuit, lors d'une de ces insomnies où il t'est accordé des instants d'hyperlucidité, le voile s'est déchiré, et tu as soudain entrevu ce dont il s'agissait. Ce voyage que tu avais vécu jusque-là en aveugle commençait à prendre sens.

Tu vis de tels bouleversements, te trouves jeté dans un tel chaos, que bien souvent, tu côtoies la folie. Parfois, tu souffres tant que pour tenter de ne plus souffrir, tu cherches à verrouiller ta sensibilité, saccager en toi la source des émotions.

Tu ne sors plus, restes à ta table sans rien pouvoir faire, et il se passe des jours sans que tu prononces un mot.

Tu as perdu l'appétit et tes muscles se sont mis à fondre. Toi qui as pratiqué plusieurs sports, joué au rugby avec passion, dansé des nuits entières dans des fêtes de village, tu n'es plus que l'ombre de toi-même, et le peu d'énergie dont tu disposes, tu l'emploies à cacher ton désarroi, essayer de paraître à peu près normal.

Tu ne rêvais jamais, ou plutôt, tes rêves étaient sans doute trop flous, trop discontinus pour que tu en gardes mémoire à ton réveil. Maintenant, chaque nuit, tu es aux prises avec des cauchemars. Des scènes tragiques de ton enfance que tu pensais avoir oubliées, resurgissent et te hantent à nouveau. Ou bien encore, c'est ton visage qui t'apparaît coupé en deux, comme si une hache s'était abattue sur ton crâne et t'avait fendu la tête. Tu te réveilles en hurlant, couvert de sueur, tes mains palpant ton visage, et de toute la nuit, tu ne peux retrouver le sommeil.

Ces terribles insomnies. Quand l'angoisse se libère, t'étouffe, alimente les pires errements de la pensée.

Plus tu t'enfonces, plus tu te retires dans le silence et la solitude. À aucun moment l'idée ne te vient de demander aide à quelqu'un. Si même une pareille idée t'avait effleuré, tu l'aurais repoussée. Cette aventure, tu sens que tu dois la vivre en demeurant seul. Que tu dois rejeter tout appui et accepter les risques qu'elle comporte. Tu estimes qu'en vivant pleinement ce qui est exigé de toi, tu seras en mesure de jeter bas tes défenses et de creuser en toi jusqu'à pouvoir désenfouir ta véritable personnalité.

Souvent tu te compares à un alpiniste qui entreprend en solitaire l'ascension d'un haut sommet. Il passe des nuits par des températures polaires accroché à une paroi, il va jusqu'aux limites de lui-même, il met sa vie en jeu, mais si sa tentative est couronnée par la réussite, il est certain que sa joie se nourrit, son aventure reçoit son sens de l'effort qu'il a soutenu, du courage dont il a fait montre, des risques qu'il a encourus, de ce défi qu'il a lancé à la mort. S'il ne s'était agi pour lui que de fouler pendant un bref instant la neige du sommet convoité, il aurait aussi bien pu se faire déposer là par un hélicoptère, mais il n'aurait rien vécu de ce qui lui a été donné de vivre au cours de ces jours et ces nuits durant lesquels il s'est mentalement et physiquement mis à l'épreuve.

Une autre raison t'aurait dissuadé de te tourner vers autrui pour chercher de l'aide.

Quand tu portais l'uniforme, tu as observé combien il est facile de se laisser manipuler, et depuis, tu entretiens une vive défiance à l'égard des chefs, gourous, sauveurs, leaders de tous poils…, qui s'immiscent dans les têtes et leur dictent ce qu'elles doivent penser. Tu n'as jamais éprouvé le besoin de clamer par des propos, des manières d'être et de te vêtir, que tu es un dissident, mais il est indéniable que tu t'es toujours tenu sur tes gardes, que tu n'as cessé de farouchement veiller à préserver cette liberté sans laquelle il n'est guère possible de parcourir un certain chemin.

Te connaître. Susciter en toi une mutation. Et par cela même, repousser tes limites, trancher tes entraves, te désapproprier de toi-même tout en te construisant un visage. Créer ainsi les conditions d'une vie plus vaste, plus haute, plus libre. Celle qui octroie ces instants où goûter à l'absolu.

Insupportable à toi-même. Brûlé par un feu. Brûlé et consumé et détruit par ce dégoût et cette haine que tu t'inspires. Repoussé chaque fois à l'extrême limite de ce qu'il t'est possible d'endurer. Mais à chaque assaut, la limite recule. Tu n'as plus aucun désir et rien ne t'intéresse. Êtres et choses ont disparu dans un brasier et tout n'est que cendres. L'ennui. L'accablement. La nausée du temps qui ne coule plus. Ne coulera plus. Suffoquant à la pensée de ces jours qui s'étendent devant toi. Un combat de chaque seconde. En permanence le besoin d'en finir. Rôdant autour du geste ultime. Pour te préparer à l'instant où il te faudra l'accomplir. L'intenable. L'intenable. Et aucun répit. Aucun refuge. Aucune échappatoire. Demeurer là. Dans ce regard qui se regarde. Cet œil qui se scrute. Et attendre. Et pâtir. L'être rompu, désagrégé, anéanti. N'étant plus que douleur. Mais donner à autrui une idée de cet absolu de la souffrance est rigoureusement impossible. Voilà pourquoi cette souffrance qui t'avilit, t'empêche d'être à l'unisson, te fait vivre dans la honte, tu la caches, tu la tais.

De plus en plus souvent tu penses à ta morte.

Un été, ton père de la montagne t'avait demandé de l'aider à faire les foins, et pour la première fois de ton existence, tu avais passé quelques jours auprès de lui.

Un soir, sans rien te dire, il avait posé devant toi un album de photographies, et tu avais trouvé là un portrait de ta mère. Découvrir son visage t'avait donné une violente émotion.

Ce visage à la structure régulière et bien équilibrée, tu l'avais trouvé beau. Haut front, nez droit, large bouche aux lèvres bien ourlées, des cheveux bruns abondants strictement coiffés, et des yeux clairs, livrés, offerts. Une présence grave. Un port de tête où tu crois lire de la fierté, peut-être un soupçon de défi. En réalité, des traits et un regard fort différents de ceux que tu avais imaginés.

Tu aurais aimé que ton père te parle d'elle, mais sa femme était là, et tu n'as pas osé le questionner.

Ce portrait, tu l'as longuement contemplé, cherchant à déchiffrer l'énigme de cette vie et de sa fin. Soudain, tu as su qu'il fallait que ce portrait t'appartienne. Mais tu n'as pas eu le courage de le demander au père. Alors tu l'as glissé dans ta poche. La seule chose que tu aies jamais dérobée. Des centaines de fois par la suite tu as repensé à ce geste. Comme si tu avais commis un forfait des plus graves.

Deux ans plus tard, tu rencontres sur la place de ton village un vieux paysan pour qui tu as de l'amitié, et qui chaque fois qu'il te rencontre, s'arrête pour bavarder. Il t'apprend que lorsqu'il était jeune, il a travaillé comme ouvrier agricole dans le village de ton père. Il a connu ta mère, et sans se rendre compte de ce qu'il te dit, ne pouvant se douter que tu ne sais rien, il t'apprend tout bonnement qu'elle avait voulu se supprimer, et que c'était cette tentative de suicide qui avait entraîné son internement. Mais tu es trop prompt à le questionner, et à la curiosité trop pressante que tu manifestes, il sent qu'il n'aurait pas dû s'engager sur ce terrain et se met à parler d'autre chose.

À partir de ce jour, tu as voulu savoir. Tu as enquêté auprès de la plus grande de ses sœurs, et dans son village, auprès de deux ou trois femmes qui avaient été ses amies d'enfance.

Sur ces entrefaites, par le plus grand des hasards — parfois comme aimantées par la préoccupation qui nous harcèle, des choses qui lui feront écho viennent à nous par une sorte de magie — il t'est donné de lire la thèse d'un jeune médecin sur *L'Extermination douce* pratiquée par les Allemands dans les hôpitaux psychiatriques lors de la dernière guerre.

La méthode fut facile à trouver. Pour faire périr les patients enfermés dans ces univers clos et coupés du monde, il suffisait de ne plus les nourrir. Ainsi pendant ces années sont mortes de faim quelque quarante mille personnes.

Des témoignages rapportent que nombre de ces malades avaient fini par manger des racines, des branches, des bouts d'écorce, ou même par dévorer des morceaux de couvertures.

Depuis cette lecture, bien des fois tu as tenté

d'imaginer ce qu'a été l'atroce agonie de celle qui fut l'une de ces quarante mille victimes.

Une nuit, lors d'une insomnie, fulgure cette évidence : si tu n'étais pas né, elle n'aurait pas connu un tel destin. Tu es responsable de son effondrement. Tu as causé sa mort et tu en as toujours porté en toi l'obscure conscience. Comment peux-tu encore t'accorder le droit de vivre ?

Pardonne, ô mère, à l'enfant qui t'a poussée dans la tombe.

Des volets en bois plein fixés à l'intérieur de la fenêtre et des doubles rideaux te permettent de créer une totale obscurité dans la pièce où tu te tiens, et durant des après-midi entiers, tu restes dans le noir, inoccupé, immobile, les coudes appuyés sur la table, tes poings soutenant ton menton. Tu passes ainsi de longues heures à réfléchir, errer en toi, t'explorer, chercher des réponses à tes questions, écrire parfois un poème dans ta tête. Mais souvent, après des heures de face à face marquées aussi bien par du vide, de l'ennui, que par une intense activité mentale, tu es en charpie, et il arrive un jour où au terme d'un de ces après-midi, tu sens que tu n'as plus la force de poursuivre, que ton aventure doit s'arrêter là. Trop de fatigue, de souffrance, de dégoût.

Quand tu vois le sang couler, tu es effrayé, et tu fais le nécessaire pour arrêter l'hémorragie.

Des heures de prostration.

Tu n'as pu te débarrasser de toi. Il te faut admettre que tu n'as d'autre ressource que de tenter de remonter vers la vie.

Pardonne, ô mère, à l'enfant qui t'a poussée dans la fosse.

Tu n'as jamais pactisé avec la souffrance. Tu savais qu'elle t'empêchait de vivre et tu t'es toujours employé à la combattre.

L'art en général et la littérature en particulier, ont été pour toi un solide et constant appui. Les œuvres que tu as eu le bonheur de rencontrer, tu ne les as pas abordées en esthète mais en affamé. Jour après jour elles t'ont accompagné et nourri, donné du courage et poussé en avant, guidé et aidé à te frayer une sente dans la forêt dont tu cherchais à t'échapper.

Heures merveilleuses des voyages immobiles ! Tu lisais un poème, méditais en contemplant la reproduction d'une toile, dialoguais avec un philosophe de l'Antiquité, et le temps ainsi que tout ce qui t'enténébrait se trouvaient instantanément abolis. Tu rencontrais là ce qui en toi reposait encore dans des limbes, et tu vivais des heures exaltées à sentir que tu t'approchais de la source. Ces hommes et ces femmes dont les œuvres t'ont aidé à te mettre en ordre, dénuder ton centre, glisser parfois à la rencontre de l'impérissable, de quel profond amour tu les as aimés.

Dès l'adolescence un besoin était apparu en toi, et quand il s'est fait impérieux, si les circonstances avaient empêché que tu lui cèdes, ta santé mentale en aurait été gravement perturbée. Ce besoin, absolument vital, te commandait de travailler sur toi-même en vue de t'unifier, t'amender, croître, accéder à toujours plus de lumière, un espace toujours plus vaste.

Si ta mère n'avait pas sombré, qui aurais-tu été ? Souvent tu t'es posé cette question. Un jour, tu as écrit un texte dans lequel tu faisais se rencontrer deux hommes d'une trentaine d'années. Ils ne se connaissaient pas, appartenaient à des milieux différents, mais ils avaient beaucoup en commun. L'un était écrivain, autrement dit toi-même, et l'autre était celui que tu serais devenu si le destin t'avait imposé de rester dans ton village d'origine. En ce cas, cet autre, à quoi se serait-il intéressé, quel métier aurait été le sien, comment aurait-il évolué ?

Sans doute aurait-il travaillé la terre, et tu le voyais comme un homme réfléchi, assez ouvert, aimant les autres, mais plutôt sombre et parlant peu. Votre échange portait pour l'essentiel sur ce qui avait contribué à façonner vos personnalités non moins que sur vos différences et vos ressemblances.

Avec de bonnes raisons, tu avais supposé que cet homme n'avait aucunement ressenti le besoin d'écrire.

Un jour, il te vient le désir d'entreprendre un récit où tu parlerais de tes deux mères

      l'esseulée et la vaillante
      l'étouffée et la valeureuse
  la jetée-dans-la-fosse et la toute-donnée.

Leurs destins ne se sont jamais croisés, mais l'une par le vide créé, l'autre par son inlassable présence, elles n'ont cessé de t'entourer, te protéger, te tenir dans l'orbe de leur douce lumière.

Dire ce que tu leur dois. Entretenir leur mémoire. Leur exprimer ton amour. Montrer tout ce qui d'elles est passé en toi.

Puis relater ton parcours, cette aventure de la quête de soi dans laquelle tu as été contraint de t'engager. Tenter d'élucider d'où t'est venu ce besoin d'écrire. Narrer les rencontres, faits et événements qui t'ont marqué en profondeur et ont plus tard alimenté tes écrits.

Ce récit aura pour titre *Lambeaux*. Mais après en avoir rédigé une vingtaine de pages, tu dois l'abandonner. Il remue en toi trop de choses pour que tu puisses le poursuivre. Si tu parviens un jour à le mener à terme, il sera la preuve que tu as réussi à t'affranchir de ton histoire, à gagner ton autonomie.

Ni l'une ni l'autre de tes deux mères n'a eu accès à la parole. Du moins à cette parole qui permet de se dire, se délivrer, se faire exister dans les mots. Parce que ces mêmes mots se refusaient à toi et que tu ne savais pas t'exprimer, tu as dû longuement lutter pour conquérir le langage. Et si tu as mené ce combat avec une telle obstination, il te plaît de penser que ce fut autant pour elles que pour toi.

Tu songes de temps à autre à *Lambeaux*. Tu as la vague idée qu'en l'écrivant, tu les tireras de la tombe. Leur donneras la parole. Formuleras ce qu'elles ont toujours tu.

Lorsqu'elles se lèvent en toi, que tu leur parles, tu vois s'avancer à leur suite la cohorte des bâillonnés, des mutiques, des exilés des mots

ceux et celles qui ne se sont jamais remis de leur enfance

ceux et celles qui s'acharnent à se punir de n'avoir jamais été aimés

ceux et celles qui crèvent de se mépriser et se haïr

ceux et celles qui n'ont jamais pu parler parce qu'ils n'ont jamais été écoutés

ceux et celles qui ont été gravement humiliés et portent au flanc une plaie ouverte

ceux et celles qui étouffent de ces mots rentrés pourrissant dans leur gorge

ceux et celles qui n'ont jamais pu surmonter une fondamentale détresse

Passent les années. Depuis des mois tu travailles à un récit dans lequel tu relates la seconde des huit années que tu as passées à l'école militaire.

C'est une fin d'après-midi. Tu viens d'écrire pendant quatre heures. Tu t'abandonnes avec plaisir à cette fatigue par quoi s'achève une bonne séance de travail. Tu es grave. Tu penses avec compassion à cet adolescent que tu as été, et à travers lui, à tous ceux qui lui ressemblent. Peu de jours auparavant, une lecture t'a appris qu'un bébé retiré à sa mère au cours de ses premières semaines subit un choc effroyable. Il vivait en un état de totale fusion avec elle, et coupé de celle-ci, tout se passe pour lui comme s'il avait été littéralement fendu en deux. (En lisant les lignes relatives à ce que tu indiques là, tu t'es rappelé ce lapsus qui t'avait fait dire un jour : *à trois mois, après mon suicide...*) Il n'a bien sûr aucune défense pour se protéger, et la souffrance qu'il éprouve, absolument terrible, va avoir de profondes et durables conséquences. À tel point qu'une fois devenus adultes, les êtres qui portent en eux cette déchirure évoluent le plus souvent vers la délinquance grave, la folie ou le suicide.

Tu viens d'écrire. Tu penses à cet adolescent que tu as été. Ou plus exactement, en cet instant, il vit en toi. Il est là, aussi réel que tu peux l'être, avec sa peur, ses blessures, ses frustrations, ses avidités... En un éclair, le sens de tout ce qu'il a vécu t'apparaît en même temps que tu prends conscience avec une extrême acuité que tu pourrais en ce jour moisir dans une prison, divaguer dans un asile ou t'être fait sauter la cervelle.

Tu te demandes avec effroi comment il a pu se faire que ces malheurs t'aient épargné. Tu t'interroges sans pouvoir trouver une réponse, et soudain, terrassé par une émotion qui te prend de court, tu éclates en sanglots.

Le lendemain, tu reviens sur ces instants, veux connaître le pourquoi de cette crise de larmes. Tu finis par saisir qu'elle a été causée autant par une frayeur rétrospective que par la joie folle d'avoir entrevu ce à quoi tu avais échappé. Ainsi as-tu pris conscience que tu avais toujours eu de la chance, que tu semblais être né sous une bonne étoile, qu'à ta manière et contrairement à ce que tu avais cru jusque-là, tu avais été et étais un favorisé du sort.

Celle qui t'a recueilli et élevé était un chef-d'œuvre d'humanité. En te donnant l'amour qu'un enfant peut désirer recevoir, elle a sans doute atténué les effets de la fracture, t'a soustrait au pitoyable destin qui t'était promis.

Les circonstances ont voulu que tu entres dans une école d'enfants de troupe, et là, il t'a été donné l'inestimable privilège de faire des études, privilège que tu ne saurais oublier.

Ce besoin d'écrire — indissociable de ton besoin du vrai et de ta passion pour l'art — qui a structuré ton être et ta vie.

Le constant soutien de ta compagne qui a fait en sorte que tu puisses consacrer tout ton temps à l'écriture.

Ces heures de ravissement, de plénitude, de calme et grave exultation passées à fréquenter les œuvres avec lesquelles tu aimais à dialoguer.

Cette force grâce à laquelle, fût-ce aux pires moments, tu n'as jamais baissé pavillon.

Cette sorte de sixième sens qui t'a dirigé tout au long de ta traversée de la forêt et t'a permis de trouver la lumière.

Ainsi le bilan que tu dressais était-il franchement positif, et tout prouvait qu'en maintes circonstances, la vie n'avait jamais manqué de te prodiguer ses dons.

Tu sors de la forêt. Les brouillards se sont dissipés. Tes blessures ont cicatrisé. Une force sereine t'habite. Sous ton œil renouvelé, le monde a revêtu d'émouvantes couleurs. Tu as la conviction que tu ne connaîtras plus l'ennui, ni le dégoût, ni la haine de soi, ni l'épuisement, ni la détresse. Certes, le doute est là, mais tu n'as plus à le redouter. Car il a perdu le pouvoir de te démolir. D'arrêter ta main à l'instant où te vient le désir de prendre la plume. La parturition a duré de longues, d'interminables années, mais tu as fini par naître et pu enfin donner ton adhésion à la vie.

Depuis cette seconde naissance, tout ce à quoi tu aspirais mais qui te semblait à jamais interdit, s'est emparé de tes terres : la paix, la clarté, la confiance, la plénitude, une douceur humble et aimante. Parvenu désormais à proximité de la

source, tu es apte à faire bon accueil au quotidien, à savourer l'instant, t'offrir à la rencontre.
Et tu sais qu'en dépit des souffrances, des déceptions et des drames qu'elle charrie, tu sais maintenant de toutes les fibres de ton corps combien
passionnante est la vie.

1983-1995

DU MÊME AUTEUR

Aux Éditions Arfuyen

L'AUTRE CHEMIN, poèmes.
BRIBES POUR UN DOUBLE, poèmes.

Aux Éditions Maeght

BRAM VAN VELDE, *monographie.*
BRAM VAN VELDE, *collection « Carnets de voyage ».*

Aux Éditions La Passe du vent

TROUVER LA SOURCE suivi de ÉCHANGES.

Aux Éditions L'Échoppe

ENTRETIEN AVEC PIERRE SOULAGES.
JEAN REVERZY.
ENTRETIEN AVEC RAOUL UBAC.
CHEZ FRANÇOIS DILASSER.

Aux Éditions Fourbis

POUR MICHEL LEIRIS.

Aux Éditions Jacques Brémond

FAILLES, nouvelles.

Aux Éditions Flohic

CHARLES JULIET EN SON PARCOURS (avec Rodolphe Barry).

Aux Éditions Arléa

MES CHEMINS, *entretien.*

Aux Éditions Bayard

CE LONG PÉRIPLE.

Aux Éditions du Regard

EUGÈNE LEROY.

Aux Éditions des femmes

L'INCESSANT, lu par l'auteur et Nicole Garcia. Suivi de
POÈMES lus par l'auteur.

Composition Interligne.
Impression Bussière
à Saint-Amand (Cher), le 6 août 2007.
Dépôt légal : août 2007.
1ᵉʳ dépôt légal dans la collection : mars 1997.
Numéro d'imprimeur : 072584/1.
ISBN 978-2-07-040086-7./Imprimé en France.